U0080428

STS

山田社

STS

山田社

STS

山田社

出擊！日語單字

日語

サルでもわかる神業カミワザ
小菜一碟！猴子也學會！

單字

吉松由美、田中陽子、
西村惠子◎合著

自學大作戰！

中高階版

Step 3

山田社
Shan Tian She

前言

外語學習著重在「活用」，那麼單字有那麼重要嗎？當然重要了，想要聽得懂、說得清楚、讀得對、寫得通，如果沒有真正的瞭解單字，就沒有辦法正確傳達自己的想法，也沒有辦法得到正確的訊息了。

史上最強的單字集《出擊！日語單字自學大作戰 中高階版 Step 3》，是由多位長年在日本、持續追蹤新日檢的日籍金牌教師執筆編寫而成的，現在就讓日語名師們為您打開日語單字的大門吧！

書中不僅搭配東京腔的精質朗讀光碟，還附上三回單字全真模擬測驗。讓您短時間內就能掌握學習方向及重點，節省下數十倍自行摸索的時間。

內容包括：

1. 單字王—字義完全不漏接：精選中高階單字，程度與新日檢N3相同。每個單字所包含的詞性、意義、解釋、類‧對義詞、中譯、用法等等，讓您精確瞭解單字各層面的字義，活用的領域更加廣泛。

2. 速攻王—掌握單字最準確：依照五十音順將單字分類成各篇章，幫助您快速將單字一次記下來，頭腦清晰再也不混淆。中譯解釋的部份，去除冷門字義，並依照常用的解釋依序編寫而成。讓您在最短時間內，迅速掌握出題的方向。

3. 例句王—活用單字很貼切：單字學會了，要知道怎麼用，才是真正符合「活用」的精神。書中每個單字下面帶出一個例句，例句精選該單字常接續的詞彙、常使用的場合、常見的表現、常配合的文法等等。從例句記單字，加深對單字的理解，對根據上下文選擇適切語彙的題型，更是大有幫助，同時也紮實了文法及聽說讀寫的超強實力。

4. 測驗王—全真新制模試密集訓練：三回跟新制考試形式完全一樣的全真模擬考題，將按照不同的題型，告訴您不同的解題訣竅，讓您在演練之後，不僅能即時得知學習效果，並充份掌握考試方向與精神，以提升考試臨場反應。就像上過合格保證班一樣，成為新制日檢測驗王！

5. 聽力王—聽力全面提升：學習日語貴在「活用」，為此本書附贈光碟，幫助您熟悉日語語調及正常速度。建議大家利用生活中零碎的時間，反覆多聽，在密集的刺激下，把單字、文法、生活例句聽熟，打下堅實的日語基礎！

目錄

詞性	呈現	定義	例（日文／中譯）
名詞	名	表示人事物、地點等名稱的詞。有活用。	門^{もん}／大門
形容詞	形	詞尾是い。說明客觀事物的性質、狀態或主觀感情、感覺的詞。有活用。	細^{ほそ}い／細小的
形容動詞	形動	詞尾是だ。具有形容詞和動詞的雙重性質。有活用。	静^{しず}かだ／安静的
動詞	動	表示人或事物的存在、動作、行為和作用的詞。	言^いう／說
自動詞	自	表示的動作不直接涉及其他事物。只說明主語本身的動作、作用或狀態。	花^{はな}が咲^さく／花開。
他動詞	他	表示的動作直接涉及其他事物。從動作的主體出發。	母^{はは}が窓^{まど}を開^あける／母親打開窗戶。
五段活用	五	詞尾在ウ段或詞尾由「ア段＋る」組成的動詞。活用詞尾在「ア、イ、ウ、エ、オ」這五段上變化。	持^もつ／拿
上一段活用	上一	「イ段＋る」或詞尾由「イ段＋る」組成的動詞。活用詞尾在イ段上變化。	見^みる／看 起^おきる／起床
下一段活用	下一	「エ段＋る」或詞尾由「エ段＋る」組成的動詞。活用詞尾在エ段上變化。	寝^ねる／睡覺 見^みせる／讓…看
變格活用	變	動詞的不規則變化。一般指カ行「来る」、サ行「する」兩種。	来^くる／到來 する／做
カ行變格活用	カ・カ變	只有「来る」。活用時只在カ行上變化。	来^くる／到來
サ行變格活用	サ・サ變	只有「する」。活用時只在サ行上變化。	する／做
連體詞	連體	限定或修飾體言的詞。沒活用，無法當主詞。	どの／哪個
副詞	副	修飾用言的狀態和程度的詞。沒活用，無法當主詞。	余^{あま}り／不太…

副助詞	副助	接在體言或部分副詞、用言等之後，增添各種意義的助詞。	〜も ／也…
終助詞	終助	接在句尾，表示說話者的感嘆、疑問、希望、主張等語氣。	か ／嗎
接續助詞	接助	連接兩項陳述內容，表示前後兩項存在某種句法關係的詞。	ながら ／邊…邊…
接續詞	接續	在段落、句子或詞彙之間，起承先啟後的作用。沒活用，無法當主詞。	しかし ／然而
接頭詞	接頭	詞的構成要素，不能單獨使用，只能接在其他詞的前面。	御_お〜 ／貴（表尊敬及美化）
接尾詞	接尾	詞的構成要素，不能單獨使用，只能接在其他詞的後面。	〜枚_{まい} ／…張（平面物品數量）
造語成份（新創詞語）	造語	構成復合詞的詞彙。	一昨年_{いっさくねん} ／前年
漢語造語成份（和製漢語）	漢造	日本自創的詞彙，或跟中文意義有別的漢語詞彙。	風呂_{ふ ろ} ／澡盆
連語	連語	由兩個以上的詞彙連在一起所構成，意思可以直接從字面上看出來。	赤_{あか}い傘_{かさ} ／紅色雨傘 足_{あし}を洗_{あら}う ／洗腳
慣用語	慣	由兩個以上的詞彙因習慣用法而構成，意思無法直接從字面上看出來。常用來比喻。	足_{あし}を洗_{あら}う ／脫離黑社會
感嘆詞	感	用於表達各種感情的詞。沒活用，無法當主詞。	ああ ／啊（表驚訝等）
寒暄語	寒暄	一般生活上常用的應對短句、問候語。	お願_{ねが}いします ／麻煩…

其他略語

呈現	詞性	呈現	詞性
反	反義詞	比	比較
類	類義詞	補	補充說明
近	文法部分的相近文法補充	敬	敬語

詞性	活用變化舉例			
	語幹	語尾		變化
形容詞	やさし（容易）	い		現在肯定	<u>やさし</u> + <u>い</u> 語幹　　　形容詞詞尾
		です			<u>やさしい</u> + <u>です</u> 基本形　　敬體
		く	ない（です）	現在否定	やさし<u>く</u> ― +<u>ない</u> <u>（です）</u> （い→く）　　否定　　敬體
			ありません		― +<u>ありません</u> 否定
		かっ	た（です）	過去肯定	やさし<u>かっ</u> +<u>た</u> <u>（です）</u> （い→かっ）　過去　　敬體
		く	ありませんでした	過去否定	やさし<u>くありません</u> + <u>でした</u> 否定　　　　　過去
形容動詞	きれい（美麗）	だ		現在肯定	<u>きれい</u> + <u>だ</u> 語幹　　　形容動詞詞尾
		で	す		<u>きれい</u> + <u>です</u> 基本形　　「だ」的敬體
		で	はありません	現在否定	きれい<u>で</u> +は+<u>ありません</u> （だ→で）　　　否定
		で	した	過去肯定	きれい <u>でし</u> <u>た</u> （だ→でし）過去
		で	はありませんでした	過去否定	きれい <u>ではありません</u> + <u>でした</u> 否定　　　　　　過去
動詞	か（書寫）	く		基本形	<u>か</u> + く 語幹
		き	ます	現在肯定	か <u>き</u> +ます （く→き）
		き	ません	現在否定	か <u>き</u> +<u>ません</u> （く→き）　否定
		き	ました	過去肯定	か <u>き</u> +<u>ました</u> （く→き）　過去
		き	ませんでした	過去否定	<u>かきません</u> + <u>でした</u> 否定　　　　過去

7

動詞基本形

相對於「動詞ます形」，動詞基本形說法比較隨便，一般用在關係跟自己比較親近的人之間。因為辭典上的單字用的都是基本形，所以又叫辭書形。
基本形怎麼來的呢？請看下面的表格。

五段動詞	拿掉動詞「ます形」的「ます」之後，最後將「イ段」音節轉為「ウ段」音節。	かきます→かき→かく ka-ki-ma-su → ka-ki → ka-ku
一段動詞	拿掉動詞「ます形」的「ます」之後，直接加上「る」。	たべます→たべ→たべる ta-be-ma-su → ta-be → ta-be-ru
不規則動詞		します→する shi-ma-su → su-ru きます→くる ki-ma-su → ku-ru

自動詞與他動詞比較與舉例

自動詞	動詞沒有目的語 形式：「…が…ます」 沒有人為的意圖而發生的動作	火　が　消えました。（火熄了） 主語　助詞　沒有人為意圖的動作 ↑ 由於「熄了」，不是人為的，是風吹的自然因素，所以用自動詞「消えました」（熄了）。
他動詞	有動作的涉及對象 形式：「…を…ます」 抱著某個目的有意圖地作某一動作	私は　火　を　消しました。（我把火弄熄了） 主語　目的語　　有意圖地做某動作 ↑ 火是因為人為的動作而被熄了，所以用他動詞「消しました」（弄熄了）。

日語

單字

自學

中高階版

Step
3

あ	0001 ☐ T1	あい 【愛】	名·漢造 愛，愛情；友情，恩情；愛好，熱愛；喜愛；喜歡；愛惜 類 愛情
	0002 ☐	あいかわらず 【相変わらず】	副 照舊，仍舊，和往常一樣 類 変わりもなく
	0003 ☐	あいず 【合図】	名·自サ 信號，暗號 類 知らせ
	0004 ☐	アイスクリーム 【icecream】	名 冰淇淋
	0005 ☐	あいて 【相手】	名 夥伴，共事者；對方，敵手；對象 反 自分 類 相棒（あいぼう）
	0006 ☐	アイディア 【idea】	名 主意，想法，構想；（哲）觀念 類 思い付き
	0007 ☐	アイロン 【iron】	名 熨斗、烙鐵
	0008 ☐	あう 【合う】	自五 正確，適合；一致，符合；對，準；合得來；合算 反 分かれる　類 ぴったり
	0009 ☐	あきる 【飽きる】	自上一 夠，滿足，厭煩，煩膩 類 満足；いやになる
	0010 ☐	あく 【空く】	自五 空閒；缺額，騰出，移開 類 空席（くうせき）

あ

0001
□
愛を注ぐ。
▶ 傾注愛情。

0002
□
相変わらず、ゴルフばかりしているね。
▶ 你還是老樣子，常打高爾夫球！

0003
□
あの煙は、仲間からの合図に違いない。
▶ 那道煙霧，一定是同伴給我們的暗號。

0004
□
アイスクリームを食べる。
▶ 吃冰淇淋。

0005
□
商売は、相手があればこそ成り立つものです。
▶ 所謂的生意，就是要有交易對象才得以成立。

0006
□
彼のアイディアは、尽きることなく出てくる。
▶ 他的構想源源不絕地湧出。

0007
□
妻がズボンにアイロンをかけてくれます。
▶ 妻子為我熨燙長褲。

0008
□
ワインは、洋食和食を問わず、よく合う。
▶ 不論是西餐或是和食，葡萄酒都很搭。

0009
□
この映画を3回見て、飽きるどころかもっと見たくなった。
▶ 我這部電影看了三次，不僅不會看膩，反而更想看了。

0010
□
人気のない映画だから、席がいっぱい空いているわけだ。
▶ 就是因為電影沒有名氣，所以座位才那麼空。

0011 □	あくしゅ 【握手】	⑧·自サ 握手；和解，言和；合作，妥協；會師，會合
0012 □	アクション 【action】	⑧ 行動，動作；（劇）格鬥等演技 ⑲ 身振り
0013 □	あける 【空ける】	他下一 倒出，空出；騰出（時間） ⑲ 空かす（すかす）
0014 □	あける 【明ける】	自下一 （天）明，亮；過年；（期間）結束，期滿 ⑲ 白む（しらむ）
0015 □	あげる 【揚げる】	他下一 炸，油炸；舉，抬；提高；進步 ⑫ 乗り込む ⑲ 引き揚げる
0016 □	あご 【顎】	⑧ （上、下）顎；下巴
0017 □	あさ 【麻】	⑧ （植物）麻，大麻；麻紗，麻布，麻纖維
0018 □	あさい 【浅い】	⑱ （水等）淺的；（顏色）淡的；（程度）膚淺的，少的，輕的；（時間）短的 ⑫ 深い
0019 □	あしくび 【足首】	⑧ 腳踝
0020 □	あす 【明日】	⑧ 明天；（最近的）將來 ⑫ 昨日 ⑲ あした、翌日（よくじつ）
0021 □	あずかる 【預かる】	他五 收存，（代人）保管；擔任，管理，負責處理；保留，暫不公開 ⑲ 引き受ける

0011 ☐
会談の始まりに際して、両国の首相が握手した。
▶ 會談開始的時候，兩國首相握了手。

0012 ☐
いまアクションドラマが人気を集めている。
▶ 現在動作連續劇很有人氣。

0013 ☐
10時までに会議室を空けてください。
▶ 請十點以後把會議室空出來。

0014 ☐
あけましておめでとうございます。
▶ 元旦開春，恭賀新禧。

0015 ☐
これは天ぷらを上手に揚げるコツです。
▶ 這是炸天婦羅的技巧。

あ

0016 ☐
太りすぎて、二重あごになってしまった。
▶ 太胖了，結果長出雙下巴。

0017 ☐
このドレスは麻でできている。
▶ 這件洋裝是麻紗材質。

0018 ☐
子ども用のプールは浅いです。
▶ 孩童用的游泳池很淺。

0019 ☐
不注意から足首を捻挫した。
▶ 不小心扭到了腳踝。

0020 ☐
明日からは始業時刻までに十分な余裕を見て出勤いたします。
▶ 從明天開始，我必定會提早出門上班，趕在營業時間開始前到達。

0021 ☐
金を預かる。
▶ 保管錢。

0022 ☐	あずける 【預ける】	他下一 寄放，存放；委託，託付 類 託する
0023 ☐ T2	あたえる 【与える】	他下一 給與，供給；授與；使蒙受；分配 反 奪う（うばう） 類 授ける（さずける）
0024 ☐	あたたまる 【暖まる】	自五 暖，暖和；感到溫暖；手頭寬裕 類 暖かくなる
0025 ☐	あたたまる 【温まる】	自五 暖，暖和；感到心情溫暖 類 温かくなる
0026 ☐	あたためる 【暖める】	他下一 使溫暖；重溫，恢復 類 暖かくする
0027 ☐	あたためる 【温める】	他下一 溫，熱；擱置不發表 類 熱する
0028 ☐	あたり 【辺り】	名・造語 附近，一帶；之類，左右 類 近く
0029 ☐	あたりまえ 【当たり前】	名 當然，應然；平常，普通 類 もっとも
0030 ☐	あたる 【当たる】	自五・他五 碰撞；擊中；合適；太陽照射；取暖，吹 （風）；接觸；（大致）位於；當…時候；（粗暴）對待 類 ぶつかる
0031 ☐	あっというま（に） 【あっという間（に）】	感 一眨眼的功夫
0032 ☐	アップ 【up】	名・他サ 增高，提高；上傳（檔案至網路）

0022
あんな銀行に、お金を預けるものか。
▶ 我絕不把錢存到那種銀行！

0023
子どもにたくさんお金を与えるものではない。
▶ 不該給小孩太多錢。

0024
部屋がだんだん暖まってきた。
▶ 房間逐漸暖和起來了。

0025
外は寒かったでしょう。早くお風呂に入って温まりなさい。
▶ 想必外頭很冷吧。請快點洗個熱水澡暖暖身子。

あ

0026
ストーブで部屋を暖めよう。
▶ 開暖爐暖暖房間吧！

0027
冷めた料理を温めて食べました。
▶ 我把已經變涼了的菜餚加熱後吃了。

0028
この辺りからあの辺りにかけて、畑が多いです。
▶ 從這邊到那邊，有許多田地。

0029
新しい商品を販売する上は、商品知識を勉強するのは当たり前です。
▶ 既然要販售新產品，那麼當然就要好好學習產品相關知識。

0030
この花は、屋内屋外を問わず、日の当たるところに置いてください。
▶ 不論是屋內或屋外都可以，請把這花放在太陽照得到的地方。

0031
あっという間の7週間、本当にありがとうございました。
▶ 七個星期一眨眼就結束了，真的萬分感激。

0032
姉はいつも年収アップのことを考えていた。
▶ 姊姊老想著提高年收。

0033	あつまり 【集まり】	名 集會，會合；收集（的情況） 類 集い（つどい）
0034	あてな 【宛名】	名 收信（件）人的姓名住址 類 宛所
0035	あてる 【当てる】	他下一 碰撞，接觸；命中；猜，預測；貼上， 放上；測量；對著，朝向
0036	アドバイス 【advice】	名·他サ 勧告，提意見；建議 類 諫める（いさめる）、注意
0037	あな 【穴】	名 孔，洞，窟窿；坑；穴，窩；礦井；藏匿 處；缺點；虧空 類 洞窟（どうくつ）
0038	アナウンサー 【announcer】	名 廣播員，播報員 類 アナ
0039	アナウンス 【announce】	名·他サ 廣播；報告；通知
0040	アニメ 【animation】	名 卡通，動畫片 類 動画、アニメーション
0041	あぶら 【油】	名 脂肪，油脂
0042	あぶら 【脂】	名 脂肪，油脂；（喻）活動力，幹勁 類 脂肪（しぼう）
0043	アマチュア 【amateur】	名 業餘愛好者；外行 反 玄人（くろうと） 類 素人（しろうと）

0033

☐ これは、老人向けの集まりです。
▶ 這是針對老年人所舉辦的聚會。

0034

☐ 宛名を書きかけて、間違いに気がついた。
▶ 正在寫收件人姓名的時候，發現自己寫錯了。

0035

☐ 僕の年が当てられるものなら、当ててみろよ。
▶ 你要能猜中我的年齡，你就猜看看啊！

0036

☐ 彼はいつも的確なアドバイスをしてくれます。
▶ 他總是給予切實的建議。

0037

☐ 穴があったら入りたい。
▶ 地下如有洞，真想鑽進去（無地自容）。

あ

0038

☐ 彼は、アナウンサーにしては声が悪い。
▶ 就一個播音員來說，他的聲音並不好。

0039

☐ 機長が予定到着時刻をアナウンスします。
▶ 機長播放預定到達時間。

0040

☐ 私の国でも日本のアニメがよく放送されています。
▶ 在我的國家也經常播映日本的卡通。

0041

☐ 油で揚げる。
▶ 油炸。

0042

☐ こんな目に遭っては、恐ろしくて脂汗が出るというものだ。
▶ 遇到這麼慘的事，我大概會嚇得直流汗吧！

0043

☐ 最近は空手のアマチュア選手も結果を残していて、若干プレッシャーになっています。
▶ 最近就連業餘空手道選手的成績也令人刮目相看，多少帶來了壓力。

0044 □ T3	あら 【粗】	㈻ 缺點，毛病
0045 □	あらそう 【争う】	㈻ 爭奪；爭辯；奮鬥，對抗，競爭 ㈲ 競う（きそう）
0046 □	あらわす 【表す】	㈻ 表現出，表達；象徵，代表 ㈲ 示す
0047 □	あらわす 【現す】	㈻ 現，顯現，顯露 ㈲ 示す
0048 □	あらわれる 【表れる】	㈻ 出現，出來；表現，顯出 ㈲ 明らかになる
0049 □	あらわれる 【現れる】	㈻ 出現，呈現，顯露 ㈲ 出現
0050 □	アルバム 【album】	㈻ 相簿，記念冊
0051 □	あれ	㈹ 哎呀
0052 □	あわせる 【合わせる】	㈻ 合併；核對，對照；加在一起，混合； 配合，調合 ㈲ 一致させる（いっちさせる）
0053 □	あわてる 【慌てる】	㈻ 驚慌，急急忙忙，匆忙，不穩定 ㈽ 落ち着く ㈲ まごつく
0054 □	あんがい 【案外】	㈻ 意想不到，出乎意外 ㈲ 意外

0044
粗を探す。
▶ 雞蛋裡挑骨頭。

0045
裁判で争う際には、法律をしっかり勉強しなければならない。
▶ 遇到訴訟糾紛時，得徹底把法律學好才行。

0046
この複雑な気持ちは、表しようがない。
▶ 我這複雜的心情，實在無法表現出來。

0047
51歳になってからようやく頭角を現しました。
▶ 他一直到51歲才開始嶄露頭角。

0048
うれしい成果があらわれてきた。
▶ 展現了令人喜悅的成果。

0049
意外な人が突然現れた。
▶ 突然出現了一位意想不到的人。

あ

0050
娘の七五三の記念アルバムを作ることにしました。
▶ 為了記念女兒七五三節，決定做本記念冊。

0051
あれ、どうしたの。
▶ 哎呀，怎麼了呢？

0052
みんなで力を合わせたとしても、彼に勝つことはできない。
▶ 就算大家聯手，也是沒辦法贏過他。

0053
突然質問されて、さすがに慌てた。
▶ 突然被這麼一問，到底還是慌了一下。

0054
難しいと思ったら、案外易しかった。
▶ 原以為很難，結果卻簡單得叫人意外。

い	0055 □	い 【位】	接尾 位；身分，地位
	0056 □	いえ	感 不，不是
	0057 □	アンケート 【(法)enquête】	名 （以同樣內容對多數人的）問卷調查，民意測驗
	0058 □	いがい 【意外】	名・形動 意外，想不到，出乎意料 類 案外
	0059 □	いかり 【怒り】	名 憤怒，生氣 類 いきどおり
	0060 □	いき・ゆき 【行き】	名 去，往
	0061 □	いご 【以後】	名 今後，以後，將來；（接尾語用法）（在某時期）以後 反 以前　類 以来
	0062 □	イコール 【equal】	名 相等；（數學）等號 類 等しい（ひとしい）
	0063 □	いし 【医師】	名 醫師，大夫 類 医者
	0064 □	いじょうきしょう 【異常気象】	名 氣候異常
	0065 □	いじわる 【意地悪】	名・形動 使壞，刁難，作弄 類 虐待（ぎゃくたい）

0055
一位になる。
▶ 成為第一。

0056
いえ、違います。
▶ 不，不是那樣。

0057
皆様にご協力いただいたアンケートの結果をご紹介します。
▶ 現在容我報告承蒙各位協助所完成的問卷調查結果。

0058
雨による被害は、意外に大きかった。
▶ 大雨意外地造成嚴重的災情。

0059
子どもの怒りの表現は親の怒りの表現のコピーです。
▶ 小孩子生氣的模樣正是父母生氣時的翻版。

い

0060
東京行きの列車。
▶ 開往東京的列車。

0061
交通事故に遭ったのをきっかけにして、以後は車に気をつけるようになりました。
▶ 出車禍以後，對車子就變得很小心了。

0062
失敗イコール負けというわけではない。
▶ 失敗並不等於輸了。

0063
医師の言うとおりに、薬を飲んでください。
▶ 請依照醫生的指示服藥。

0064
異常気象が続いている。
▶ 氣候異常正持續著。

0065
意地悪な人といえば、高校の数学の先生を思い出す。
▶ 說到壞心眼的人，就讓我想到高中的數學老師。

0066 □	いぜん 【以前】	名 以前；更低階段（程度）的；（某時期）以前 反 以降　類 以往
T4		
0067 □	いそぎ 【急ぎ】	名·副 急忙，匆忙，緊急 類 至急
0068 □	いたずら 【悪戯】	名·形動 淘氣，惡作劇；玩笑，消遣 類 戯れ（たわむれ）、ふざける
0069 □	いためる 【傷める・痛める】	他下一 使（身體）疼痛，損傷；使（心裡）痛苦
0070 □	いちどに 【一度に】	副 同時地，一塊地，一下子 類 同時に
0071 □	いちれつ 【一列】	名 一列，一排
0072 □	いっさくじつ 【一昨日】	名 前一天，前天 類 一昨日（おととい）
0073 □	いっさくねん 【一昨年】	造語 前年 類 一昨年（おととし）
0074 □	いっしょう 【一生】	名 一生，終生，一輩子 類 生涯（しょうがい）
0075 □	いったい 【一体】	名·副 一體，同心合力；一種體裁；根本，本來；大致上；到底，究竟 類 そもそも
0076 □	いってきます 【行ってきます】	寒暄 我出門了

0066
以前、東京でお会いした際に、名刺をお渡ししたと思います。
▶ 我記得之前在東京跟您會面時，有遞過名片給您。

0067
部長は大変お急ぎのご様子でした。
▶ 經理似乎非常急的模様。

0068
彼女は、いたずらっぽい目で笑った。
▶ 她眼神淘氣地笑了。

0069
もぎたての桃を傷めてしまった。
▶ 不小心將剛採下的桃子碰傷了。

0070
そんなに一度に食べられません。
▶ 我沒辦法一次吃那麼多。

い

0071
一列に並ぶ。
▶ 排成一列。

0072
一昨日アメリカから帰ってきたかと思ったら、もう中国に出張に行った。
▶ 他前天才剛從美國回來，現在又到中國出差去了。

0073
一昨年、会社をやめたのを契機に、北海道に引っ越しました。
▶ 前年，趁著辭掉工作，搬去了北海道。

0074
あいつとは、一生口をきくものか。
▶ 我這輩子，絕不跟他講話。

0075
一体何が起こったのですか。
▶ 到底發生了什麼事？

0076
先日のお詫びかたがた、挨拶に行ってきます。
▶ 去跟對方致歉之前的事，同時也去打聲招呼。

0077	いつのまにか【何時の間にか】	副 不知不覺地，不知什麼時候
0078	いとこ【従兄弟・従姉妹】	名 堂表兄弟姊妹
0079	いのち【命】	名 生命，命；壽命 類 生命
0080	いま【居間】	名 起居室 類 茶の間
0081	イメージ【image】	名 影像，形象，印象
0082	いもうとさん【妹さん】	名 妹妹，令妹（「妹」的鄭重說法）
0083	いや	感 不；沒什麼
0084	いらいら【苛々】	名・副・他サ 情緒急躁、不安；焦急，急躁 類 苛立つ（いらだつ）
0085	いりょうひ【衣料費】	名 服裝費 類 洋服代
0086	いりょうひ【医療費】	名 治療費，醫療費 類 治療費
0087	いわう【祝う】	他五 祝賀，慶祝；祝福；送賀禮；致賀詞 類 祝する（しゅくする）

0077
何時の間にか、お茶の葉を使い切りました。
▶ 茶葉不知道什麼時候就用光了。

0078
従兄弟同士。
▶ 堂表兄弟姊妹關係。

0079
命が危ないところを、助けていただきました。
▶ 在我性命危急時，他救了我。

0080
居間はもとより、トイレも台所も全部掃除しました。
▶ 別說是客廳，就連廁所和廚房也都清掃過了。

0081
企業イメージが悪化して以来、わが社の売り上げはさんざんだ。
▶ 自從企業形象惡化之後，我們公司的營業額真是悽慘至極。

い

0082
お姉さんにひきかえ、妹さんは無口で恥ずかしがり屋です。
▶ 跟姊姊不同，妹妹文靜、生性害羞。

0083
いや、それは違う。
▶ 不，不是那樣的。

0084
何だか最近いらいらしてしょうがない。
▶ 不知道是怎麼搞的，最近老是焦躁不安的。

0085
子どもの衣料費に一人月どれくらいかけていますか。
▶ 小孩的治裝費一個月要花多少錢？

0086
医療費には、様々な制度があります。
▶ 醫療費中，有各種的制度。

0087
みんなで彼の合格を祝おう。
▶ 大家一起來慶祝他上榜吧！

0088 □	インキ 【ink】	名 墨水 類 インク
0089 □	インク 【ink】	名 墨水，油墨（也寫作「インキ」） 類 インキ
0090 □	いんしょう 【印象】	名 印象 類 イメージ
0091 □	インスタント 【instant】	名・形動 即席，稍加工即可的，速成
0092 □	インターネット 【internet】	名 網路
0093 □	インタビュー 【interview】	名・自サ 會面，接見；訪問，採訪 類 面会
0094 □	いんりょく 【引力】	名 物體互相吸引的力量
0095 □	ウイルス 【virus】	名 病毒，濾過性病毒 類 菌
0096 □	ウール 【wool】	名 羊毛，毛線，毛織品
0097 □	ウェーター・ウェイター 【waiter】	名 （餐廳等的）侍者，男服務員
0098 □	ウェートレス・ウェイトレス 【waitress】	名 （餐廳等的）女侍者，女服務生 類 メード

う

0088

万年筆のインキがなくなったので、サインのしようがない。
▶ 因為鋼筆的墨水用完了，所以沒辦法簽名。

0089

ペンでインクをつけて書きました。
▶ 用鋼筆醮墨水寫。

0090

旅行の印象に加えて、旅行中のトラブルについても聞かれました。
▶ 除了對旅行的印象之外，也被問到了有關旅行時所發生的糾紛。

0091

一日部屋でこもっていたから、夕飯もインスタントラーメンですませた。
▶ 整天都待在家，晚餐也吃拉麵打發。

0092

説明書の内容にそって、インターネットに接続しました。
▶ 照著說明書，連接網路。

0093

インタビューを始めるか始めないかのうちに、首相は怒り始めた。
▶ 採訪才剛開始，首相就生起了氣來。

0094

万有引力の法則。
▶ 引力定律。

0095

メールでウイルスに感染しました。
▶ 郵件被病毒感染了。

0096

ウールのセーター。
▶ 毛料的毛衣。

0097

若いウエーターが親切に対応してくれた。
▶ 年輕的服務生親切地招呼我。

0098

あの店のウェートレスは態度が悪くて、腹が立つほどだ。
▶ 那家店的女服務生態度之差，可說是令人火冒三丈。

い

0099 □	うごかす 【動かす】	他五 移動，挪動，活動；搖動，搖撼；給予影響，使其變化，感動 反 止める 類 ふる
0100 □	うし 【牛】	名 牛
0101 □	うっかり	副・自サ 不注意，不留神；發呆，茫然 類 うかうか
0102 □	うつす 【写す】	他五 照相；摹寫
0103 □	うつす 【移す】	他五 移，搬；使傳染；度過時間 類 引っ越す
0104 □	うつる 【写る】	自五 照相，映顯；顯像；（穿透某物）看到 類 転写する（てんしゃする）
0105 □	うつる 【映る】	自五 映，照；顯得，映入；相配，相稱；照相，映現 類 映ずる（えいずる）
0106 □	うつる 【移る】	自五 移動；推移；沾到 類 移動する（いどうする）
0107 □	うどん 【饂飩】	名 烏龍麵條，烏龍麵
0108 □	うま 【馬】	名 馬
0109 □	うまい	形 味道好，好吃；想法或做法巧妙，擅於；非常適宜，順利 反 まずい 類 おいしい

0099
体を動かす。
▶ 活動身體。

0100
牛を飼う。
▶ 養牛。

0101
うっかりしたものだから、約束を忘れてしまった。
▶ 因為一時不留意，而忘了約會。

0102
写真を写してあげましょうか。
▶ 我幫你照相吧！

0103
住まいを移す。
▶ 遷移住所。

う

0104
昨日の授業を休んだので友達のノートを写させてもらった。
▶ 我昨天請了假沒上課，所以向朋友借了筆記來抄寫。

0105
山が湖の水に映っています。
▶ 山影倒映在湖面上。

0106
あちらの席にお移りください。
▶ 請移到那邊的座位。

0107
鍋焼きうどん。
▶ 鍋燒烏龍麵。

0108
馬に乗る。
▶ 騎馬。

0109
山の空気がうまい。
▶ 山上的空氣新鮮。

0110 ☐	うまる 【埋まる】	自五 被埋上；填滿，堵住；彌補，補齊
0111 ☐ T6	うむ 【生む】	他五 產生，產出
0112 ☐	うむ 【産む】	他五 生，產
0113 ☐	うめる 【埋める】	他下一 埋，掩埋；填補，彌補；佔滿 類 埋める（うずめる）
0114 ☐	うらやましい 【羨ましい】	形 羨慕，令人嫉妒，眼紅 類 羨む（うらやむ）
0115 ☐	うる 【得る】	他下二 得到；領悟
0116 ☐	うわさ 【噂】	名・自サ 議論，閒談；傳說，風聲 類 流言（りゅうげん）
0117 ☐	うんちん 【運賃】	名 票價；運費 類 切符代
0118 ☐	うんてんし 【運転士】	名 司機；駕駛員，船員
0119 ☐	うんてんしゅ 【運転手】	名 司機 類 運転士
え 0120 ☐	エアコン 【air conditioning】	名 空調；溫度調節器 類 冷房（れいぼう）

0110
小屋は雪にうまっていた。
▶ 小屋被雪覆蓋住。

0111
その発言は誤解を生む可能性がありますよ。
▶ 你那發言可能會產生誤解喔！

0112
彼女は女の子を産んだ
▶ 她生了女娃兒。

0113
犯人は、木の下にお金を埋めたと言っている。
▶ 犯人自白說他將錢埋在樹下。

0114
庶民からすれば、お金のある人はとても羨ましいのです。
▶ 就平民的角度來看，有錢人實在太令人羨慕。

う

0115
得るところが多い。
▶ 獲益良多。

0116
本人に聞かないことには、噂が本当かどうかわからない。
▶ 傳聞是真是假，不問當事人是不知道的。

0117
運賃は当方で負担いたします。
▶ 運費由我方負責。

0118
私はJRで運転士をしています。
▶ 我在JR當司機。

0119
タクシーの運転手に、チップをあげた。
▶ 給了計程車司機小費。

0120
家具とエアコンつきの部屋を探しています。
▶ 我在找附有家具跟冷氣的房子。

0121 □	えいきょう 【影響】	(名・自サ) 影響 (類) 反響（はんきょう）
0122 □	えいよう 【栄養】	(名) 營養 (類) 養分（ようぶん）
0123 □	えがく 【描く】	(他五) 畫，描繪；以…為形式，描寫；想像 (類) 写す（うつす）
0124 □	えきいん 【駅員】	(名) 車站工作人員，站務員
0125 □	SF 【science fiction】	(名) 科學幻想小說
0126 □	エッセー・エッセイ 【essay】	(名) 小品文，隨筆；（隨筆式的）短論文 (類) 随筆（ずいひつ）
0127 □	エネルギー 【(德)energie】	(名) 能量，能源，精力，氣力 (類) 活力（かつりょく）
0128 □	えり 【襟】	(名) （衣服的）領子；脖頸，後頸；（西裝的）硬領
0129 □	える 【得る】	(他下一) 得，得到；領悟，理解；能夠 (類) 手に入れる
0130 □	えん 【園】	(接尾) 園
0131 □	えんか 【演歌】	(名) 演歌（現多指日本民間特有曲調哀愁的民謠）

0121
毎日テレビを見ていたら、影響を受けざるをえない。
▶ 每天都在看電視，難免不受其影響。

0122
子どもに勉強させる一方、栄養にも気をつけています。
▶ 我督促小孩讀書的同時，也注意營養是否均衡。

0123
この絵は、心に浮かんだものを描いたにすぎません。
▶ 這幅畫只是將內心所想像的東西，畫出來的而已。

0124
駅のホームに立って、列車を見送る駅員さんが好きだ。
▶ 我喜歡站在車站目送列車的站員。

0125
SF映画「猿の惑星」はすごいインパクトのある映画でした。
▶ SF電影「外星之猿」是一齣叫人印象深刻的電影。

え

0126
彼女はCDを発売するとともに、エッセーも出版しました。
▶ 她發行CD的同時，也出版了小品文。

0127
国内全体にわたって、エネルギーが不足しています。
▶ 就全國整體來看，能源是不足的。

0128
コートの襟を立てている人は、山田さんです。
▶ 那位豎起外套領子的人就是山田小姐。

0129
仕事をしてお金を得るとともに、沢山のことを学ぶことができる。
▶ 工作可以得到報酬的同時，也可以學到很多事情。

0130
弟は幼稚園に通っている。
▶ 弟弟上幼稚園。

0131
大好きな祖母を喜ばせるために、演歌を歌い始めた。
▶ 為了討我最愛的祖母歡心，開始學演歌。

0132 □	えんげき【演劇】	名 演劇，戲劇 / 類 芝居（しばい）
0133 □	エンジニア【engineer】	名 工程師，技師 / 類 技師（ぎし）
0134 □	えんそう【演奏】	名・他サ 演奏 / 類 奏楽（そうがく）
0135 □	おい	感 （主要是男性對同輩或晚輩使用）打招呼的喂，唉；（表示輕微的驚訝），呀！啊！
0136 □	おい【老い】	名 老；老人
0137 □	おいこす【追い越す】	他五 超過，趕過去 / 類 抜く（ぬく）
0138 □	おうえん【応援】	名・他サ 援助，支援；聲援，助威 / 類 声援
0139 □	おおく【多く】	名・副 多數，許多；多半，大多 / 類 沢山
0140 □	オーバー（コート）【overcoat】	名 大衣，外套，外衣
0141 □	オープン【open】	名・自他サ・形動 開放，公開；無蓋，敞篷；露天，野外
0142 □	おかえり【お帰り】	寒暄 （你）回來了

お

T7

0132
先生の指導のもとに、演劇の練習をしている。
▶ 在老師的指導之下排演戲劇。

0133
あの子はエンジニアを目指している。
▶ 那個孩子立志成為工程師。

0134
私から見ると、彼の演奏はまだまだだね。
▶ 就我來看，他演奏還有待加強。

0135
おい、大丈夫か。
▶ 喂！你還好吧。

0136
体の老いを感じる。
▶ 感到身體衰老。

0137
トラックなんか、追い越してしまいましょう。
▶ 我們快追過那卡車吧！

0138
私が応援しているチームに限って、いつも負けるからいやになる。
▶ 獨獨我所支持的球隊總是吃敗仗，叫人真嘔。

0139
ピアスをつけた男の人が多くなりました。
▶ 近來戴耳環的男人變多了。

0140
オーバーを着る。
▶ 穿大衣。

0141
そのレストランは3月にオープンする。
▶ 那家餐廳將於三月開幕。

0142
「ただいま。」「お帰り。」
▶「我回來了。」「回來啦！」

え

0143 ☐	おかえりなさい 【お帰りなさい】	寒暄 回來了
0144 ☐	おかけください	敬 請坐
0145 ☐	おかしい 【可笑しい】	形 奇怪，可笑；不正常 類 滑稽（こっけい）
0146 ☐	おかまいなく 【お構いなく】	敬 不管，不在乎，不介意
0147 ☐	おきる 【起きる】	自上一 （倒著的東西）起來，立起來；起床； 不睡；發生 類 立ち上がる（たちあがる）
0148 ☐	おく 【奥】	名 裡頭，深處；裡院；盡頭
0149 ☐	おくれ 【遅れ】	名 落後，晚；畏縮，怯懦
0150 ☐	おげんきですか 【お元気ですか】	寒暄 你好嗎？
0151 ☐	おこす 【起こす】	他五 扶起；叫醒；引起 類 目を覚まさせる（めをさまさせる）
0152 ☐	おこる 【起こる】	自五 發生，鬧；興起，興盛；（火）著旺 反 終わる 類 始まる
0153 ☐	おごる 【奢る】	自五・他五 奢侈，過於講究；請客，作東

0143
お帰りなさい。お茶でも飲みますか。
▶ 你回來啦。要不要喝杯茶？

0144
どうぞ、おかけください。
▶ 請坐下。

0145
おかしければ、笑いなさい。
▶ 如果覺得可笑，就笑呀！

0146
どうぞ、お構いなく。
▶ 請不必客氣。

0147
昨夜はずっと起きていた。
▶ 昨天晚上一直都醒著。

0148
洞窟の奥。
▶ 洞窟深處。

0149
台風のため、郵便の配達に二日の遅れが出ている。
▶ 由於颱風，郵件延遲兩天送達。

0150
ご両親はお元気ですか。
▶ 請問令尊與令堂安好嗎？

0151
父は、「明日の朝、6時に起こしてくれ。」と言った。
▶ 父親說：「明天早上六點叫我起床」。

0152
大変、大変。山下さんが交通事故を起こして、掴まっちゃったんですって。
▶ 糟了、糟了！聽說山下先生車禍肇事，被警察抓走了！

0153
ここは私が奢ります。
▶ 這回就讓我作東了。

お

0154 □	おさえる 【押さえる】	⑪下一 按，壓；扣住，勒住；控制，阻止；捉住；扣留；超群出眾 類 押す
0155 □ T8	おさきに 【お先に】	敬 先離開了，先告辭了
0156 □	おしえ 【教え】	名 教導，指教，教誨；教義
0157 □	おじぎ 【お辞儀】	名·自サ 行禮，鞠躬，敬禮；客氣 類 挨拶
0158 □	おしゃべり 【お喋り】	名·自サ·形動 閒談，聊天；愛說話的人，健談的人 反 無口 類 無駄口（むだぐち）
0159 □	おじゃまします 【お邪魔します】	敬 打擾了
0160 □	おしゃれ 【お洒落】	名·形動 打扮漂亮，愛漂亮的人
0161 □	おせわになりました 【お世話になりました】	敬 受您照顧了
0162 □	おそわる 【教わる】	⑪五 受教，跟…學習
0163 □	おたがい 【お互い】	名 彼此，互相
0164 □	おたまじゃくし 【お玉じゃくし】	名 圓杓，湯杓；蝌蚪

0154
この釘を押さえていてください。
▶ 請按住這個釘子。

0155
お先に、失礼します。
▶ 我先告辭了。

0156
彼は神の教えを敬虔に守って生活している。
▶ 他虔誠地謹守神的教誨生活著。

0157
目上の人にお辞儀をしなかったばかりに、母にしかられた。
▶ 因為我沒跟長輩行禮，被媽媽罵了一頓。

0158
友だちとおしゃべりをしているところへ、先生が来た。
▶ 當我正在和朋友閒談時，老師走了過來。

0159
「いらっしゃいませ。」「お邪魔します。」
▶ 「歡迎光臨。」「打擾了。」

0160
お洒落をする。
▶ 打扮。

0161
いろいろと、お世話になりました。
▶ 感謝您多方的關照。

0162
パソコンの使い方を教わったとたんに、もう忘れてしまった。
▶ 才剛請別人教我電腦的操作方式，現在就已經忘了。

0163
お互いに愛し合う。
▶ 彼此相愛。

0164
お玉じゃくしでスープをすくう。
▶ 用湯杓舀湯。

0165 ☐	おでこ	㊲ 凸額，額頭突出（的人）；額頭，額骨 ㊠ 額（ひたい）
0166 ☐	おとなしい 【大人しい】	㊒ 老實，溫順；（顏色等）樸素，雅致 ㊠ 穏やか（おだやか）
0167 ☐	オフィス 【office】	㊲ 辦公室，辦事處；公司；政府機關 ㊠ 事務所（じむしょ）
0168 ☐	オペラ 【opera】	㊲ 歌劇 ㊠ 芝居
0169 ☐	おまごさん 【お孫さん】	㊲ 孫子，孫女，令孫（「孫」的鄭重説法）
0170 ☐	おまちください 【お待ちください】	㊪ 請等一下
0171 ☐	おまちどおさま 【お待ちどおさま】	㊪ 久等了
0172 ☐	おめでとう	㊨ 恭喜
0173 ☐	おめにかかる 【お目に掛かる】	㊙ （謙讓語）見面，拜會
0174 ☐	おもい 【思い】	㊲ （文）思想，思考；感覺，情感；想念，思念；願望，心願 ㊠ 考え
0175 ☐	おもいえがく 【思い描く】	㊤五 在心裡描繪，想像

0165
息子が転んで机の角におでこをぶつけた。
▶ 兒子跌倒額頭撞到桌角。

0166
彼女は大人しい反面、内面はとてもしっかりしています。
▶ 她個性溫順的另一面，其實內心非常有自己的想法。

0167
彼のオフィスは3階だと思ったら、4階でした。
▶ 原以為他的辦公室是在三樓，誰知原來是在四樓。

0168
オペラを観て、主人公の悲しい運命に涙が出ました。
▶ 觀看歌劇中主角的悲慘命運，而熱淚盈框。

0169
自分に似ているお孫さんは、それはそれはかわいいことでしょう。
▶ 孫子像自己，那一定是疼愛有加的。

お

0170
少々、お待ちください。
▶ 請等一下。

0171
お待ちどおさま、こちらへどうぞ。
▶ 久等了，這邊請。

0172
大学合格、おめでとう。
▶ 恭喜你考上大學。

0173
社長にお目に掛かりたい。
▶ 想拜會社長。

0174
思いにふける。
▶ 沈浸在思考中。

0175
将来の生活を思い描く。
▶ 在心裡描繪未來的生活。

0176 □	おもいきり 【思い切り】	名·副 斷念，死心；果斷，下決心；狠狠地， 盡情地，徹底的
0177 □ T9	おもいつく 【思い付く】	自他五 （忽然）想起，想起來 類 考え付く（かんがえつく）
0178 □	おもいで 【思い出】	名 回憶，追憶，追懷；紀念
0179 □	おもいやる 【思いやる】	他五 體諒，表同情；想像，推測
0180 □	おもわず 【思わず】	副 禁不住，不由得，意想不到地，下意識地 類 うっかり
0181 □	おやすみ 【お休み】	寒暄 休息；晚安
0182 □	おやすみなさい 【お休みなさい】	寒暄 晚安
0183 □	おやゆび 【親指】	名 （手腳的）拇指 類 拇指（ぼし）
0184 □	オリンピック 【Olympics】	名 奧林匹克
0185 □	オレンジ 【orange】	名 柳橙，柳丁；橙色
0186 □	おろす 【下ろす・降ろす】	他五 （從高處）取下，拿下，降下，弄下；開 始使用（新東西）；砍下 反 上げる 類 下げる

0176
思い切り遊びたい。
▶ 想盡情地玩。

0177
いいアイディアを思い付くたびに、会社に提案しています。
▶ 每當我想到好點子，就提案給公司。

0178
旅の思い出に写真を撮る。
▶ 旅行拍照留念。

0179
思いやることがいかに人生を豊かにするか。
▶ 多體諒他人，將會讓人生更豐富。

0180
頭にきて、思わず殴ってしまった。
▶ 怒氣一上來，就不自覺地揍了下去。

0181
「お休み。」「お休みなさい。」
▶ 「晚安！」「晚安！」

0182
さて、そろそろ寝るわ。お休みなさい。
▶ 好啦！該睡了。晚安！

0183
親指に怪我をしてしまった。
▶ 大拇指不小心受傷了。

0184
オリンピックに出る。
▶ 參加奧運。

0185
オレンジ色。
▶ 橘黃色。

0186
車から荷を降ろす。
▶ 從車上卸下行李。

か

0187	おん【御】	接頭 表示敬意
0188	おんがくか【音楽家】	名 音樂家 類 ミュージシャン
0189	おんど【温度】	名 （空氣等）溫度，熱度
0190	か【課】	名·漢造 （教材的）課；課業；（公司等）課，科
0191	か【日】	漢造 表示日期或天數
0192	か【下】	漢造 下面；屬下；低下；下，降
0193	か【化】	漢造 化學的簡稱；變化
0194	か【科】	名·漢造 （大專院校）科系；（區分種類）科
0195	か【家】	漢造 家庭；家族；專家
0196	か【歌】	漢造 唱歌；歌詞
0197	カード【card】	名 卡片；撲克牌；圖表

0187
御礼申し上げます。
▶ 致以深深的謝意。

0188
あなたが、歴代の音楽家になれるとしたら誰がいいですか。
▶ 如果你可以成為歷史上的名音樂家，你想成為誰。

0189
温度が下がる。
▶ 溫度下降。

0190
会計課で納付する。
▶ 到會計課繳納。

0191
四月二十日。
▶ 四月二十日。

0192
支配下。
▶ 在支配之下。

0193
小説を映画化する。
▶ 把小說改成電影。

0194
英文科の学生。
▶ 英文系的學生。

0195
芸術家にあこがれる。
▶ 嚮往當藝術家。

0196
流行歌を歌う。
▶ 唱流行歌。

0197
カードを切る。
▶ 洗牌。

0198 ☐	カーペット 【carpet】	名 地毯
0199 ☐	かい 【会】	名 會，會議 類 集まり
0200 ☐	かい 【会】	接尾 …會
0201 ☐	かいけつ 【解決】	名・自他サ 解決，處理 反 決裂（けつれつ） 類 決着（けっちゃく）
0202 ☐	かいごし 【介護士】	名 專門照顧身心障礙者日常生活的專門技術人員
0203 ☐ T10	かいさつぐち 【改札口】	名 （火車站等）剪票口 類 改札
0204 ☐	かいしゃいん 【会社員】	名 公司職員
0205 ☐	かいしゃく 【解釈】	名・他サ 解釋，理解，說明 類 釈義（しゃくぎ）
0206 ☐	かいすうけん 【回数券】	名 （車票等的）回數票
0207 ☐	かいそく 【快速】	名・形動 快速，高速度 類 速い
0208 ☐	かいちゅうでんとう 【懐中電灯】	名 手電筒

0198
ソファーからカーペットに至るまで、部屋のデコレーションにはとことんこだわりました。
▶ 從沙發到地毯，非常講究房間裡的裝潢陳設。

0199
委員会の責任者として、がんばっています。
▶ 身為委員會的負責人，我正努力著。

0200
展覧会は、終わってしまいました。
▶ 展覽會結束了。

0201
問題が小さいうちに、解決しましょう。
▶ 趁問題還不大的時候解決掉吧！

0202
介護士の仕事内容は、患者の身の回りの世話などがあります。
▶ 看護士的工作內容是照顧病人周邊的事。

か

0203
JRの改札口で待っています。
▶ 在JR的剪票口等你。

0204
私は平日は会社員で、休日にコンビニでバイトをしているのです。
▶ 我平日是上班族，假日是在超商打工。

0205
この法律は、解釈上、二つの問題がある。
▶ 這條法律，在解釋上有兩個問題點。

0206
回数券をこんなにもらっても、使いきれません。
▶ 就算拿了這麼多的回數票，我也用不完。

0207
快速電車に乗りました。
▶ 我搭乘快速電車。

0208
夜の地震に対しては、まず懐中電灯が必須です。
▶ 對於在晚上發生的地震，首先需要的是手電筒。

0209 ☐	かう 【飼う】	他五 飼養（動物等）
0210 ☐	かえる 【代える・替える・換える・変える】	他下一 改變；變更 類 改変（かいへん）
0211 ☐	かえる 【返る】	自五 復原；返回；回應 類 戻る
0212 ☐	がか 【画家】	名 畫家
0213 ☐	かがく 【化学】	名 化學
0214 ☐	かがくはんのう 【化学反応】	名 化學反應
0215 ☐	かかと 【踵】	名 腳後跟
0216 ☐	かかる	自五 生病；遭受災難
0217 ☐	かきとめ 【書留】	名 掛號郵件
0218 ☐	かきとり 【書き取り】	名・自サ 抄寫，記錄；聽寫，默寫
0219 ☐	かく 【各】	接頭 各，每人，每個，各個

0209

うちではダックスフントを飼っています。
▶ 我家裡有養臘腸犬。

0210

がんばれば、人生を変えることもできるのだ。
▶ 只要努力，人生也可以改變的。

0211

友達に貸したお金が、なかなか返ってこない。
▶ 借給朋友的錢，遲遲沒能拿回來。

0212

彼は小説家であるばかりでなく、画家でもある。
▶ 他不單是小說家，同時也是個畫家。

0213

化学を専攻しただけのことはあって、薬品には詳しいね。
▶ 不虧是曾主修化學的人，對藥品真是熟悉呢。

0214

化学反応が起こる。
▶ 起化學反應。

0215

踵がはれて、歩くのも痛い。
▶ 腳後跟腫起來了，連走路都會痛。

0216

病気にかかる。
▶ 生病。

0217

大事な書類ですから書留で郵送してください。
▶ 這是很重要的文件，請用掛號信郵寄。

0218

書き取りのテスト。
▶ 聽寫測驗。

0219

各国を周遊する。
▶ 周遊列國。

0220 ☐	かく 【掻く】	他五（用手或爪）搔，撥；拔，推；攪拌，攪和 類 擦る（する）
0221 ☐	かぐ 【嗅ぐ】	他五（用鼻子）聞，嗅
0222 ☐	かぐ 【家具】	名 家具 類 ファーニチャー
0223 ☐	かくえきていしゃ 【各駅停車】	名 指電車各站都停車，普通車 反 急行（きゅうこう） 類 各停（かくてい）
0224 ☐	かくす 【隠す】	他五 藏起來，隱瞞，掩蓋 類 隠れる
0225 ☐	かくにん 【確認】	名・他サ 證實，確認，判明 類 確かめる（たしかめる）
0226 ☐	がくひ 【学費】	名 學費 類 費用
0227 ☐	がくれき 【学歴】	名 學歷
0228 ☐ T11	かくれる 【隠れる】	自下一 躲藏，隱藏；隱遁；不為人知，潛在的 類 隠す（かくす）
0229 ☐	かげき 【歌劇】	名 歌劇 類 芝居
0230 ☐	かけざん 【掛け算】	名 乘法 反 割り算（わりざん） 類 乗法（じょうほう）

0220
失敗して恥ずかしくて、頭を掻いていた。
▶ 因失敗感到不好意思，而搔起頭來。

0221
この花の香りをかいでごらんなさい。
▶ 請聞一下這花的香味。

0222
家具といえば、やはり丈夫なものが便利だと思います。
▶ 說到家具，我認為還是耐用的東西比較方便。

0223
あの駅は各駅停車の電車しか止まりません。
▶ 那個車站只有每站停靠的電車才會停。

0224
事件のあと、彼は姿を隠してしまった。
▶ 案件發生後，他就躲了起來。

か

0225
まだ事実を確認しきれていません。
▶ 事實還沒有被證實。

0226
子どもたちの学費を考えると不安でしょうがない。
▶ 只要一想到孩子們的學費，我就忐忑不安。

0227
ただ学歴のみ優秀でも、意味がない。
▶ 僅有優秀的學歷並不代表什麼。

0228
警察から隠れられるものなら、隠れてみろよ。
▶ 你要是能躲過警察的話，你就躲看看啊！

0229
私も母も宝塚歌劇に夢中です。男役はものすごく魅力的だったから。
▶ 我和媽媽都非常迷歌劇團。因為女伴男裝的演員很有魅力。

0230
まだ5歳ですが、足し算はもちろん、掛け算もできる。
▶ 雖只有5歲，但不用說是加法，就連乘法也會。

0231 □	かける 【掛ける】	他下一・接尾 坐；懸掛；蓋上，放上；放在…之上；提交；澆；開動；花費；寄託；鎖上；（數學）乘 類 ぶら下がる
0232 □	かこむ 【囲む】	他五 圍上，包圍；圍攻；下（圍棋） 類 取り巻く（とりまく）
0233 □	かさねる 【重ねる】	他下一 重疊堆放；再加上，蓋上；反覆，重複，屢次
0234 □	かざり 【飾り】	名 裝飾（品）
0235 □	かし 【貸し】	名 借出，貸款；貸方；給別人的恩惠 反 借り
0236 □	かしちん 【貸し賃】	名 租金，賃費
0237 □	かしゅ 【歌手】	名 歌手，歌唱家
0238 □	かしょ 【箇所】	名・接尾 （特定的）地方；（助數詞）處
0239 □	かず 【数】	名 數，數目；多數，種種
0240 □	がすりょうきん 【ガス料金】	名 瓦斯費
0241 □	カセット 【cassette】	名 小暗盒；（盒式）錄音磁帶，錄音帶

0231
椅子に掛けて話をしよう。
▶ 讓我們坐下來講吧！

0232
やっぱり、庭があって自然に囲まれた家がいいわ。
▶ 我還是比較想住在那種有庭院，能沐浴在大自然之中的屋子耶。

0233
本がたくさん重ねてある。
▶ 書堆了一大疊。

0234
道にそって、クリスマスの飾りが続いている。
▶ 沿街滿是聖誕節的裝飾。

0235
山田君をはじめ、たくさんの同僚に貸しがある。
▶ 我借山田以及其他同事錢。

か

0236
あの病院は診療代より器具の貸し賃のほうが高かったですよ。
▶ 那家醫院的器具租金比醫療費還貴。

0237
歌手になりたい。
▶ 我想當歌手。

0238
一箇所間違える。
▶ 一個地方錯了。

0239
数が多い。
▶ 數目多。

0240
一月のガス料金はおいくらですか。
▶ 一個月的瓦斯費要花多少錢？

0241
カセットに入れる。
▶ 錄進錄音帶。

0242 □	かぞえる 【数える】	他下一 數，計算；列舉，枚舉 類 勘定する（かんじょうする）
0243 □	かた 【肩】	名 肩，肩膀；（衣服的）肩
0244 □	かた 【型】	名 模子，形，模式；樣式 類 かっこう
0245 □	かたい 【固い・硬い・堅い】	形 硬的，堅固的；堅決的；生硬的；嚴謹的， 頑固的；一定，包准；可靠的 反 柔らかい 類 強固（きょうこ）
0246 □	かだい 【課題】	名 提出的題目；課題，任務
0247 □	かたづく 【片付く】	自五 收拾，整理好；得到解決，處裡好；出嫁
0248 □	かたづけ 【片付け】	名 整理，整頓，收拾
0249 □	かたづける 【片付ける】	他下一 收拾，打掃；解決
0250 □	かたみち 【片道】	名 單程，單方面
0251 □	かち 【勝ち】	名 勝利 反 負け（まけ） 類 勝利
0252 □	かっこういい 【格好いい】	連語・形 （俗）真棒，真帥，酷（口語用「かっこいい」） 類 ハンサム

0242
10から1まで逆に数える。
▶ 從10倒數到1。

0243
肩が凝る。
▶ 肩膀痠痛。

0244
車の型としては、ちょっと古いと思います。
▶ 就車型來看，我認為有些老舊。

0245
父は、真面目というより頭が固いんです。
▶ 父親與其說是認真，還不如說是死腦筋。

0246
明日までに課題を仕上げて提出しないと落第してしまう。
▶ 如果明天之前沒有完成並提交作業，這個科目就會被當掉。

か

0247
母親によると、彼女の部屋はいつも片付いているらしい。
▶ 就她母親所言，她的房間好像都有整理。

0248
ずいぶん暖かくなったので、冬服の片付けをしましょう。
▶ 天氣已相當緩和了，把冬天的衣服收起來吧！

0249
教室を片付けようとしていたら、先生が来た。
▶ 正打算整理教室的時候，老師來了。

0250
片道の電車賃。
▶ 單程的電車費。

0251
今回は、あなたの勝ちです。
▶ 這一次是你獲勝。

0252
今、一番かっこいいと思う俳優は?
▶ 現在最帥氣的男星是誰？

0253 □	カップ【cup】	名 杯子；（有把手的）茶杯；獎盃 類 コップ
0254 □ T12	カップル	名 一對，一對男女，一對情人，一對夫婦
0255 □	かつやく【活躍】	名・自サ 活躍
0256 □	かていか【家庭科】	名（學校學科之一）家事，家政
0257 □	かでんせいひん【家電製品】	名 家用電器
0258 □	かなしみ【悲しみ】	名 悲哀，悲傷，憂愁，悲痛 反 喜び 類 悲しさ
0259 □	かなづち【金槌】	名 釘錘，榔頭；旱鴨子
0260 □	かなり	副・形動・名 相當，頗 類 相当
0261 □	かね【金】	名 金屬；錢，金錢 類 金銭（きんせん）
0262 □	かのう【可能】	名・形動 可能
0263 □	かび	名 霉

0253
彼氏とおそろいのカップでコーヒーを飲む。
▶ 我跟我男朋友用情人杯喝咖啡。

0254
お似合いなカップルですね。お幸せに。
▶ 新郎新娘好登對喔！祝幸福快樂！

0255
彼は、前回の試合において大いに活躍した。
▶ 他在上次的比賽中大為活躍。

0256
家庭科では家族に対する思いを大切にしている。
▶ 家庭科很重視對家族的感情。

0257
今の家庭には家電製品があふれている。
▶ 現在的家庭中，充滿過多的家電用品。

0258
彼の死に悲しみを感じない者はいない。
▶ 人們都對他的死感到悲痛。

0259
金槌で釘を打つ。
▶ 用榔頭敲打釘子。

0260
先生は、かなり疲れていらっしゃいますね。
▶ 老師您看來相當地疲憊呢！

0261
事業を始めるというと、まず金が問題になる。
▶ 說到創業，首先金錢就是個問題。

0262
可能な範囲で。
▶ 在可能的範圍內。

0263
かびが生えないうちに食べてください。
▶ 請在發霉前把它吃完。

0264 □	かまう 【構う】	自他五 介意，顧忌，理睬；照顧，招待；調戲，逗弄；放逐 類 気にする
0265 □	がまん 【我慢】	名・他サ 忍耐，克制，將就，原諒；（佛）饒恕 類 辛抱（しんぼう）
0266 □	がまんづよい 【我慢強い】	形 忍耐性強，有忍耐力
0267 □	かみのけ 【髪の毛】	名 頭髮
0268 □	ガム 【(英)gum】	名 口香糖；樹膠
0269 □	カメラマン 【cameraman】	名 攝影師；（報社、雜誌等）攝影記者
0270 □	がめん 【画面】	名 （繪畫的）畫面；照片，相片；（電影等）畫面，鏡頭 類 映像（えいぞう）
0271 □	かもしれない	連語 也許，也未可知
0272 □	かゆ 【粥】	名 粥，稀飯
0273 □	かゆい 【痒い】	形 癢的 類 むずむず
0274 □	カラー 【color】	名 色，彩色；（繪畫用）顏料；特色

0264
あの人は、あまり服装に構わない人です。
▶ 那個人不大在意自己的穿著。

0265
いらないと言った以上は、ほしくても我慢します。
▶ 既然都講不要了，就算想要我也會忍耐。

0266
一年近く病院に通い、薬を飲みながらよくがんばったね。本当に我慢強い子だ。
▶ 往返醫院接近一年，還得吃藥，真夠努力啊！這孩子耐性真強。

0267
髪の毛を切る。
▶ 剪髮。

0268
ガムを噛む。
▶ 嚼口香糖。

か

0269
日本にはとてもたくさんのカメラマンがいる。
▶ 日本有很多攝影師。

0270
コンピューターの画面を見すぎて目が痛い。
▶ 盯著電腦螢幕看了太久，眼睛好痛。

0271
あなたの言う通りかもしれない。
▶ 或許如你說的。

0272
粥を炊く。
▶ 煮粥。

0273
なんだか体中痒いです。
▶ 不知道為什麼，全身發癢。

0274
地域のカラーを出す。
▶ 有地方特色。

0275 ☐	かり 【借り】	㊂ 借，借入；借的東西；欠人情；怨恨，仇恨
0276 ☐	かるた	㊂ 紙牌，撲克牌；寫有日本和歌的紙牌
0277 ☐	かわ 【皮】	㊂ 皮，表皮；皮革 ㊣ 表皮（ひょうひ）
0278 ☐	かわかす 【乾かす】	㊆他五 曬乾；晾乾；烤乾 ㊣ 乾く（かわく）
0279 ☐ T13	かわく 【乾く】	㊆自五 乾，乾燥 ㊣ 乾燥（かんそう）
0280 ☐	かわく 【渇く】	㊆自五 渴，乾渴；渴望，內心的要求
0281 ☐	かわる 【代わる】	㊆自五 代替，代理，代理 ㊣ 代理（だいり）
0282 ☐	かわる 【替わる】	㊆自五 更換，交替 ㊣ 交替
0283 ☐	かわる 【換わる】	㊆自五 更換，更替 ㊣ 交換（こうかん）
0284 ☐	かわる 【変わる】	㊆自五 變化；與眾不同；改變時間地點，遷居，調任 ㊣ 変化する
0285 ☐	かん 【缶】	㊂ 罐子

0275
5000万円からある借りを少しずつ返していかなければならない。
▶ 足足欠有5000萬日圓的債務，只得一點一點償還了。

0276
かるたで遊ぶ。
▶ 玩日本紙牌。

0277
りんごの皮をむいているところを、後ろから押されて指を切ってしまった。
▶ 我在削蘋果皮時，有人從後面推我一把，害我割到手指。

0278
洗濯物を乾かしているところへ、犬が飛び込んできた。
▶ 當我正在曬衣服的時候，小狗突然跑了進來。

0279
雨が少ないので、土が乾いている。
▶ 因雨下得少，所以地面很乾。

か

0280
のどが渇いた。何か飲み物ない。
▶ 我好渴，有什麼什麼可以喝的？

0281
運転を代わる。
▶ 交替駕駛。

0282
石油に替わる新しいエネルギーはなんですか。
▶ 請問可用來替代石油的新能源是什麼呢？

0283
中学校や高校では授業がかわれば教室もかわります。
▶ 中學及高中則會隨著不同課程，安排不同教室上課。

0284
人の考え方は、変わるものだ。
▶ 人的想法，是會變的。

0285
缶はまとめてリサイクルした。
▶ 我將罐子集中，拿去回收了。

0286 □	かん 【刊】	(漢造) 刊，出版
0287 □	かん 【間】	(名・接尾) 間，機會，間隙
0288 □	かん 【館】	(漢造) 旅館；大建築物或商店
0289 □	かん 【感】	(名・漢造) 感覺，感動；感
0290 □	かん 【観】	(名・漢造) 觀感，印象，樣子；觀看；觀點
0291 □	かん 【巻】	(名・漢造) 卷，書冊；（書畫的）手卷；卷曲
0292 □	かんがえ 【考え】	(名) 思想，想法，意見；念頭，觀念，信念；考慮，思考；期待，願望；決心
0293 □	かんきょう 【環境】	(名) 環境
0294 □	かんこう 【観光】	(名・他サ) 觀光，遊覽，旅遊 (類) 旅行
0295 □	かんごし 【看護師】	(名) 護士，看護
0296 □	かんしゃ 【感謝】	(名・自他サ) 感謝 (類) お礼

0286
朝刊と夕刊。
▶ 早報跟晚報。

0287
五日間の旅行。
▶ 五天的旅行。

0288
博物館を見学する。
▶ 參觀博物館。

0289
解放感に包まれる。
▶ 充滿開放感。

0290
人生観が変わる。
▶ 改變人生觀。

か

0291
全三巻の書物。
▶ 共三冊的書。

0292
その件について自分の考えを説明した。
▶ 我來說明自己對那件事的看法。

0293
環境のせいか、彼の子どもたちはみなスポーツが好きだ。
▶ 不知道是不是因為環境的關係，他的小孩都很喜歡運動。

0294
まだ天気がいいうちに、観光に出かけました。
▶ 趁天氣還晴朗時，出外觀光去了。

0295
看護師は、患者の日常生活と心をささえる専門職なのです。
▶ 護士是照顧病人的日常生活跟心理的專門職業。

0296
本当は感謝しているくせに、ありがとうも言わない。
▶ 明明就很感謝，卻連句道謝的話也沒有。

0297 ☐	かんじる・かんずる 【感じる・感ずる】	自他上一 感覺，感到；感動，感觸，有所感
0298 ☐	かんしん 【感心】	名・形動・自サ 欽佩；贊成；（貶）令人吃驚 類 驚く（おどろく）
0299 ☐	かんせい 【完成】	名・自他サ 完成 類 出来上がる（できあがる）
0300 ☐	かんぜん 【完全】	名・形動 完全，完整；完美，圓滿 反 不完全 類 完璧
0301 ☐	かんそう 【感想】	名 感想 類 所感（しょかん）
0302 ☐	かんづめ 【缶詰】	名 罐頭；不與外界接觸的狀態；擁擠的狀態
0303 ☐	かんどう 【感動】	名・自サ 感動，感激 類 感銘（かんめい）
0304 ☐	き 【期】	漢造 時期；時機；季節；（預定的）時日
0305 ☐	き 【機】	名・接尾・漢造 時機；飛機；（助數詞用法）架；機器
0306 ☐ T14	キーボード 【keyboard】	名（鋼琴、打字機等）鍵盤
0307 ☐	きがえる 【着替える】	他下一 換衣服

き

0297
とてもおもしろい映画だと感じた。
▶ 我覺得這部電影很有趣。

0298
彼はよく働くので、感心させられる。
▶ 他很努力工作，真是令人欽佩。

0299
ビルの完成にあたって、パーティーを開こうと思う。
▶ 在這大廈竣工之際，我想開個派對。

0300
病気が完全に治ってからでなければ、退院しません。
▶ 在病情完全痊癒之前，我是不會出院的。

0301
全員、明日までに研修の感想を書くように。
▶ 你們全部，在明天以前要寫出研究的感想。

か

0302
缶詰を開ける。
▶ 打開罐頭。

0303
評判が悪かったのに反して、感動的な映画だった。
▶ 跟惡劣的評價相反，是一部令人感動的電影。

0304
入学の時期。
▶ 開學時期。

0305
機が熟す。
▶ 時機成熟。

0306
コンピューターのキーボードをポツポツと叩いた。
▶ 「砰砰」地敲打電腦鍵盤。

0307
着物を着替える。
▶ 換衣服。

0308 ☐	きかん 【期間】	名 期間，期限內 類 間
0309 ☐	きく 【効く】	自五 有效，奏效；好用，能幹；可以，能夠； 起作用；（交通工具等）通，有
0310 ☐	きげん 【期限】	名 期限 類 締め切り（しめきり）
0311 ☐	きこく 【帰国】	名・自サ 回國，歸國；回到家鄉 類 帰京（ききょう）
0312 ☐	きじ 【記事】	名 報導，記事
0313 ☐	きしゃ 【記者】	名 執筆者，筆者；（新聞）記者，編輯 類 レポーター
0314 ☐	きすう 【奇数】	名 （數）奇數 反 偶数（ぐうすう）
0315 ☐	きせい 【帰省】	名・自サ 歸省，回家（省親），探親 類 里帰り（さとがえり）
0316 ☐	きたく 【帰宅】	名・自サ 回家 反 出かける 類 帰る
0317 ☐	きちんと	副 整齊，乾乾淨淨；恰好，洽當；如期，準 時；好好地，牢牢地 類 ちゃんと
0318 ☐	キッチン 【kitchen】	名 廚房 類 台所

0308
夏休みの期間、塾の教師として働きます。
▶ 暑假期間，我以補習班老師的身份在工作。

0309
この薬は、高かったわりに効かない。
▶ 這服藥雖然昂貴，卻沒什麼效用。

0310
支払いの期限を忘れるなんて、非常識というものだ。
▶ 竟然忘記繳款的期限，真是離譜。

0311
夏に帰国して、日本の暑さと湿気の多さにびっくりした。
▶ 夏天回國，對日本暑熱跟多濕，感到驚訝！

0312
新聞記事。
▶ 報紙報導。

き

0313
記者が質問したにもかかわらず、首相は答えなかった。
▶ 儘管記者的發問，首相還是沒給予回應。

0314
奇数の月に、この書類を提出してください。
▶ 請在每個奇數月交出這份文件。

0315
お正月に帰省しますか。
▶ 請問您元月新年會不會回家探親呢？

0316
あちこちの店でお酒を飲んだあげく、夜中の1時にやっと帰宅した。
▶ 到了許多店去喝酒，深夜一點才終於回到家。

0317
きちんと勉強していたわりには、点が悪かった。
▶ 雖然努力用功了，但分數卻不理想。

0318
キッチンの流し台はすぐに汚れてしまいます。
▶ 廚房的流理台一下子就會變髒了。

0319	きっと	圖 一定，必定；（神色等）嚴厲地，嚴肅地 圓 必ず
0320	きぼう 【希望】	名·他サ 希望，期望，願望 圓 望み
0321	きほん 【基本】	名 基本，基礎，根本 圓 基礎
0322	きほんてき（な） 【基本的（な）】	形動 基本的
0323	きまり 【決まり】	名 規定，規則；習慣，常規，慣例；終結；收拾整頓 圓 規則（きそく）
0324	きゃくしつじょうむいん 【客室乗務員】	名 （車、飛機、輪船上）服務員 圓 キャビンアテンダント
0325	きゅうけい 【休憩】	名·自サ 休息 圓 休息（きゅうそく）
0326	きゅうこう 【急行】	名·自サ 急忙前往，急趕；急行列車 反 普通 圓 急行列車（きゅうこうれっしゃ）
0327	きゅうじつ 【休日】	名 假日，休息日 圓 休み
0328	きゅうりょう 【丘陵】	名 丘陵
0329	きゅうりょう 【給料】	名 工資，薪水

0319
あしたはきっと晴れるでしょう。
▶ 明天一定會放晴。

0320
あなたが応援してくれたおかげで、希望を持つことができました。
▶ 因為你的加油打氣，我才能懷抱希望。

0321
日本語の基本として、ひらがなをきちんと覚えてください。
▶ 為了打好日語基礎，平假名請一定要確實記牢。

0322
キャッチボールなど基本的なことに気をつけて試合に臨んでほしい。
▶ 你們進行比賽，要注意接投球等基本動作。

0323
グループに参加した上は、決まりはちゃんと守ります。
▶ 既然加入這團體，就會好好遵守規則。

き

0324
どうしても客室乗務員になりたい、でも身長が足りない。
▶ 我很想當空姐，但是個子不夠高。

0325
食事どころか、休憩する暇もない。
▶ 別說是吃飯，就連休息的時間也沒有。

0326
各駅停車で間に合いますから、急行に乗ることはないでしょう。
▶ 搭乘普通車就能趕上了，沒必要搭快車吧！

0327
せっかくの休日に、何もしないでだらだら過ごすのは嫌です。
▶ 我討厭在難得的假日，什麼也不做地閒晃一整天。

0328
丘陵を散策する。
▶ 到山岡散步。

0329
給料が上がる。
▶ 提高工資。

0330 ☐ T15	きょう 【教】	漢造 教，教導；宗教
0331 ☐	ぎょう 【行】	名・漢造 （字的）行；（佛）修行；行書
0332 ☐	ぎょう 【業】	名・漢造 業，職業；事業；學業
0333 ☐	きょういん 【教員】	名 教師，教員 類 教師
0334 ☐	きょうかしょ 【教科書】	名 教科書，教材
0335 ☐	きょうし 【教師】	名 教師，老師 類 先生
0336 ☐	きょうちょう 【強調】	名・他サ 強調；權力主張；（行情）看漲 類 力説（りきせつ）
0337 ☐	きょうつう 【共通】	名・形動・自サ 共同，通用 類 通用（つうよう）
0338 ☐	きょうりょく 【協力】	名・自サ 協力，合作，共同努力，配合 類 協同（きょうどう）
0339 ☐	きょく 【曲】	名・漢造 曲調；歌曲；彎曲
0340 ☐	きょり 【距離】	名 距離，間隔，差距 類 隔たり（へだたり）

0330
□
宗教を信仰する。
▶ 信仰宗教。

0331
□
行を改める。
▶ 改行。

0332
□
家の業を継ぐ。
▶ 繼承家業。

0333
□
小学校の教員になりました。
▶ 我當上小學的教職員了。

0334
□
歴史の教科書。
▶ 歷史教科書。

0335
□
教師の立場から見ると、あの子はとてもいい生徒です。
▶ 從老師的角度來看，那孩子真是個好學生。

0336
□
先生は、この点について特に強調していた。
▶ 老師曾特別強調這個部分。

0337
□
彼女とは共通の趣味はあるものの、話があまり合わない。
▶ 雖跟她有同樣的嗜好，但還是話不投機半句多。

0338
□
友達が協力してくれたおかげで、彼女とデートができた。
▶ 由於朋友們從中幫忙撮合，所以才有辦法約她出來。

0339
□
歌詞に曲をつける。
▶ 為歌詞譜曲。

0340
□
距離は遠いといっても、車で行けばすぐです。
▶ 雖說距離遠，但開車馬上就到了。

0341 □	きらす 【切らす】	他五 用盡，用光 類 絶やす（たやす）
0342 □	ぎりぎり	名・副・他サ （容量等）最大限度，極限；（摩擦的）嘎吱聲 類 少なくとも
0343 □	きれる 【切れる】	自下一 斷；用盡
0344 □	きろく 【記録】	名・他サ 記錄，記載，（體育比賽的）紀錄 類 記述（きじゅつ）
0345 □	きん 【金】	名・漢造 黃金，金子；金錢
0346 □	きんえん 【禁煙】	名・自サ 禁止吸菸；禁菸，戒菸
0347 □	ぎんこういん 【銀行員】	名 銀行行員
0348 □	きんし 【禁止】	名・他サ 禁止 反 許可（きょか） 類 差し止める（さしとめる）
0349 □	きんじょ 【近所】	名 附近，左近，近郊 類 辺り（あたり）
0350 □	きんちょう 【緊張】	名・自サ 緊張 反 和らげる 類 緊迫（きんぱく）
0351 □	く 【句】	名 字，字句；俳句

0341
恐れ入ります。今、名刺を切らしておりまして……。
▶ 不好意思，現在手邊的名片正好用完……。

0342
期限ぎりぎりまで待ちましょう。
▶ 我們就等到最後的期限吧！

0343
糸が切れる。
▶ 線斷掉。

0344
記録からして、大した選手じゃないのはわかっていた。
▶ 就紀錄來看，可知道他並不是很厲害的選手。

0345
金メダルを獲得する。
▶ 獲得金牌。

き

0346
車内禁煙。
▶ 車內禁止抽煙。

0347
佐藤さんの子どもは二人とも銀行員です。
▶ 佐藤太太的兩個小孩都在銀行工作。

0348
病室では、喫煙のみならず、携帯電話の使用も禁止されている。
▶ 病房內不止抽煙，就連使用手機也是被禁止的。

0349
近所の子どもたちに昔の歌を教えています。
▶ 我教附近的孩子們唱老歌。

0350
彼が緊張しているところに声をかけると、もっと緊張するよ。
▶ 在他緊張的時候跟他說話，他會更緊張的啦！

0351
句を詠む。
▶ 吟詠俳句。

0352 ☐	クイズ 【quiz】	名 回答比賽，猜謎；考試
0353 ☐	くう 【空】	名・形動・漢造 空中，空間；空虛
0354 ☐	クーラー 【cooler】	名 冷氣設備
0355 ☐	くさい 【臭い】	形 臭
0356 ☐	くさる 【腐る】	自五 腐臭，腐爛；金屬鏽，爛；墮落，腐敗；消沉，氣餒 類 腐敗する（ふはいする）
0357 ☐	くし 【櫛】	名 梳子
0358 ☐	くじ 【籤】	名 籤；抽籤
0359 ☐ T16	くすりだい 【薬代】	名 藥費；醫療費，診察費
0360 ☐	くすりゆび 【薬指】	名 無名指 類 紅差し指（べにさしゆび）
0361 ☐	くせ 【癖】	名 癖好，脾氣，習慣；（衣服的）摺線；頭髮亂翹 類 習慣
0362 ☐	くだり 【下り】	名 下降的；東京往各地的列車 反 上り（のぼり）

0352
テレビのクイズ番組に参加してみたい。
▶ 我想去參加電視台的益智節目。

0353
空に消える。
▶ 消失在空中。

0354
クーラーをつける。
▶ 開冷氣。

0355
臭い匂い。
▶ 臭味。

0356
金魚鉢の水が腐る。
▶ 金魚魚缸的水臭掉了。

0357
櫛で髪を梳く。
▶ 用梳子梳頭髮。

0358
発表の順番は籤で決めましょう。
▶ 上台發表的順序就用抽籤來決定吧。

0359
日本では薬代はとても高いです。
▶ 日本的藥價非常昂貴。

0360
薬指に、結婚指輪をはめている。
▶ 她的無名指上，戴著結婚戒指。

0361
まず、朝寝坊の癖を直すことですね。
▶ 首先，你要做的是把你的早上賴床的習慣改掉。

0362
下りの列車に乗って帰ります。
▶ 我搭南下的火車回家。

0363 ☐	くだる 【下る】	(自五) 下降，下去；下野，脱離公職；由中央到地方；下達；往河的下游去 (反) 上る
0364 ☐	くちびる 【唇】	(名) 嘴唇 (類) 口唇（こうしん）
0365 ☐	ぐっすり	(副) 熟睡，酣睡 (類) 熟睡（じゅくすい）
0366 ☐	くび 【首】	(名) 頸部
0367 ☐	くふう 【工夫】	(名・自サ) 設法
0368 ☐	くやくしょ 【区役所】	(名)（東京特別區與政令指定都市所屬的）區公所
0369 ☐	くやしい 【悔しい】	(形) 令人懊悔的 (類) 残念（ざんねん）
0370 ☐	クラシック 【classic】	(名) 經典作品，古典作品，古典音樂；古典的 (類) 古典
0371 ☐	くらす 【暮らす】	(自他五) 生活，度日 (類) 生活する
0372 ☐	クラスメート 【classmate】	(名) 同班同學 (類) 同級生
0373 ☐	くりかえす 【繰り返す】	(他五) 反覆，重覆 (類) 反復する（はんぷくする）

0363
船で川を下る。
▶ 搭船順河而下。

0364
冬になると、唇が乾燥する。
▶ 一到冬天嘴唇就會乾燥。

0365
みんな昨夜はぐっすりと寝たとか。
▶ 聽說大家昨晚都睡得很熟。

0366
どうしてか、首がちょっと痛いです。
▶ 不知道為什麼，脖子有點痛。

0367
工夫しないことには、問題を解決できない。
▶ 如不下點功夫，就沒辦法解決問題。

く

0368
父は区役所で働いています。
▶ 家父在區公所工作。

0369
試合に負けたので、悔しくてたまらない。
▶ 由於比賽輸了，所以懊悔得不得了。

0370
クラシックを勉強するからには、ウィーンに行かなければ。
▶ 既然要學古典音樂，就得去一趟維也納。

0371
親子3人で楽しく暮らしています。
▶ 親子三人過著快樂的生活。

0372
クラスメートはみな仲が良いです。
▶ 我們班同學相處得十分和睦。

0373
失敗は繰り返すまいと、心に誓った。
▶ 我心中發誓，絕不再犯同樣的錯。

0374 □	クリスマス 【christmas】	名 聖誕節
0375 □	グループ 【group】	名 （共同行動的）集團，夥伴；組，幫，群 類 集団（しゅうだん）
0376 □	くるしい 【苦しい】	形 艱苦；困難；難過；勉強
0377 □	くれ 【暮れ】	名 日暮，傍晚；季末，年末 反 明け 類 夕暮れ（ゆうぐれ）、年末
0378 □	くろ 【黒】	名 黑，黑色；犯罪，罪犯
0379 □	くわしい 【詳しい】	形 詳細；精通，熟悉 類 詳細（しょうさい）
0380 □ **け**	け 【家】	接尾 家，家族
0381 □	けい 【計】	名 計畫，計；總計，合計
0382 □	けいい 【敬意】	名 尊敬對方的心情，敬意
0383 □	けいえい 【経営】	名・他サ 經營，管理 類 営む（いとなむ）
0384 □	けいご 【敬語】	名 敬語

0374
クリスマスおめでとう。
▶ 聖誕節快樂。

0375
あいつのグループなんか、入るものか。
▶ 我才不加入那傢伙的團隊！

0376
苦しい家計。
▶ 艱苦的家計。

0377
去年の暮れに比べて、景気がよくなりました。
▶ 和去年年底比起來，景氣已回升許多。

0378
黒に染める。
▶ 染成黑色。

0379
事情を詳しく知っている人。
▶ 知道詳情的人。

0380
将軍家の一族。
▶ 將軍一家（普通指德川一家）。

0381
一年の計は元旦にあり。
▶ 一年之計在於春。

0382
敬意を表する。
▶ 表達敬意。

0383
経営上はうまくいっているが、人間関係がよくない。
▶ 經營上雖不錯，但人際關係卻不好。

0384
敬語を使いこなす。
▶ 熟練掌握敬語。

0385 ☐	けいこうとう 【蛍光灯】	名 螢光燈，日光燈
0386 ☐	けいさつかん 【警察官】	名 警察官，警官 類 警官
0387 ☐ T17	けいさつしょ 【警察署】	名 警察署
0388 ☐	けいさん 【計算】	名・他サ 計算，演算；估計，算計，考慮 類 打算
0389 ☐	げいじゅつ 【芸術】	名 藝術 類 アート
0390 ☐	けいたい 【携帯】	名・他サ 攜帶；手機（「携帯電話（けいたいでん わ）」的簡稱）
0391 ☐	けいやく 【契約】	名・自他サ 契約，合同 類 約する（やくする）
0392 ☐	けいゆ 【経由】	名・自サ 經過，經由 類 経る
0393 ☐	ゲーム 【game】	名 遊戲，娛樂；比賽
0394 ☐	げきじょう 【劇場】	名 劇院，劇場，電影院 類 シアター
0395 ☐	げじゅん 【下旬】	名 下旬 反 上旬（じょうじゅん） 類 月末（げつまつ）

0385
蛍光灯の調子が悪い。
▶ 日光燈出了問題。

0386
どんな女性が警察官の妻に向いていますか。
▶ 什麼樣的女性適合當警官的妻子呢？

0387
容疑者が警察署に連れて行かれた。
▶ 嫌犯被帶去了警局。

0388
商売をしているだけあって、計算が速い。
▶ 不愧是做買賣的，計算得真快。

0389
芸術もわからないくせに、偉そうなことを言うな。
▶ 明明就不懂藝術，別在那裡說得跟真的一樣。

け

0390
この携帯電話ときたら、充電してもすぐ電池がなくなる。
▶ 這支手機也真是的，就算充電了也會馬上沒電。

0391
君が反省しないかぎり、来年の契約はできない。
▶ 只要你不反省，就沒辦法簽下明年的契約。

0392
新宿を経由して、東京駅まで行きます。
▶ 我經新宿，前往東京車站。

0393
ゲームで負ける。
▶ 遊戲比賽比輸。

0394
どこに劇場を建てるかをめぐって、論議が起こっています。
▶ 為了蓋電影院的地點一事，而產生了許多爭議。

0395
2月の下旬に再会したのをきっかけにして、二人は交際を始めた。
▶ 自從 2 月下旬再度重逢後，兩人就開始交往了。

0396 ☐	けしょう 【化粧】	(名・自サ) 化妝，打扮；修飾，裝飾，裝潢 (類) メークアップ
0397 ☐	けた 【桁】	(名) （房屋、橋樑的）橫樑，桁架；算盤的主柱；數字的位數
0398 ☐	けち	(名・形動) 吝嗇、小氣（的人）；卑賤，簡陋，心胸狹窄，不值錢 (類) 吝嗇（りんしょく）
0399 ☐	ケチャップ 【ketchup】	(名) 蕃茄醬
0400 ☐	けつえき 【血液】	(名) 血，血液 (類) 血
0401 ☐	けっか 【結果】	(名・自他サ) 結果，結局 (反) 原因 (類) 結末（けつまつ）
0402 ☐	けっせき 【欠席】	(名・自サ) 缺席 (反) 出席
0403 ☐	げつまつ 【月末】	(名) 月末、月底 (反) 月初（つきはじめ）
0404 ☐	けむり 【煙】	(名) 煙 (類) スモーク
0405 ☐	ける 【蹴る】	(他五) 踢；沖破（浪等）；拒絕，駁回 (類) 蹴飛ばす（けとばす）
0406 ☐	けん 【軒】	(漢造) 軒昂，高昂；屋簷；表房屋數量，書齋，商店等雅號

0396

彼女はトイレで化粧している。
▶ 她在廁所化妝。

0397

桁が一つ違うから、高くて買えないよ。
▶ 因為價格上多了一個零，太貴買不下手啦！

0398

彼は、経済観念があるというより、けちなんだと思います。
▶ 與其說他有理財觀念，倒不如說是小氣。

0399

ハンバーグにはケチャップをつけます。
▶ 把蕃茄醬澆淋在漢堡肉上。

0400

検査というと、まず血液を取らなければなりません。
▶ 說到檢查，首先就得先抽血才行。

け

0401

結果から見ると、今回の会議はなかなか成功でした。
▶ 就結果來看，這次的會議辦得挺成功的。

0402

病気のため学校を欠席する。
▶ 因生病而沒去學校。

0403

給料は、月末に支払われる。
▶ 薪資在月底支付。

0404

喫茶店は、煙草の煙でいっぱいだった。
▶ 咖啡廳裡，瀰漫著香煙的煙。

0405

ボールを蹴ったら、隣のうちに入ってしまった。
▶ 球一踢就飛到隔壁的屋裡去了。

0406

村には、薬屋が3軒もあるのだ。
▶ 村裡竟有3家藥局。

0407 □	けんこう 【健康】	形動 健康的，健全的 類 元気
0408 □	けんさ 【検査】	名・他サ 檢查，檢驗 類 調べる（しらべる）
0409 □	げんだい 【現代】	名 現代，當代；（歷史）現代（日本史上指二次世界大戰後） 反 古代 類 当世
0410 □	けんちくか 【建築家】	名 建築師
0411 □ T18	けんちょう 【県庁】	名 縣政府
0412 □	（じどう）けんばいき 【（自動）券売機】	名 （門票、車票等）自動售票機
0413 □	こ 【小】	接頭 小，少；左右；稍微
0414 □	こ 【湖】	接尾 湖
0415 □	こい 【濃い】	形 色或味濃深；濃稠，密 反 薄い 類 濃厚（のうこう）
0416 □	こいびと 【恋人】	名 情人，意中人
0417 □	こう 【高】	名・漢造 高；高處，高度；（地位等）高

こ

0407
煙草をたくさん吸っていたわりに、健康です。
▶ 雖然抽煙抽得兇，但身體卻很健康。

0408
病気かどうかは、検査をした上でなければわからない。
▶ 是不是生病，不經過檢查是無法斷定的。

0409
この方法は、現代ではあまり使われません。
▶ 那個方法現代已經不常使用了。

0410
このビルは有名な建築家が設計したそうです。
▶ 聽說這棟建築物是由一位著名的建築師設計的。

0411
県庁のとなりにきれいな公園があります。
▶ 在縣政府的旁邊有座美麗的公園。

け

0412
新幹線の切符も自動券売機で買うことができます。
▶ 新幹線的車票也可以在自動販賣機買得到。

0413
小雨が降る。
▶ 下小雨。

0414
琵琶湖。
▶ 琵琶湖。

0415
濃い化粧をする。
▶ 化著濃妝。

0416
恋人ができた。
▶ 有了情人。

0417
高層ビルを建築する。
▶ 蓋摩天大樓。

0418 □	こう 【校】	漢造 學校；校對；（軍銜）校；學校
0419 □	こう 【港】	漢造 港口
0420 □	ごう 【号】	名・漢造（雜誌刊物等）期號；（學者等）別名
0421 □	こういん 【行員】	名 銀行職員
0422 □	こうか 【効果】	名 效果，成效，成績；（劇）效果 類 効き目（ききめ）
0423 □	こうかい 【後悔】	名・他サ 後悔，懊悔 類 悔しい（くやしい）
0424 □	ごうかく 【合格】	名・自サ 及格；合格
0425 □	こうかん 【交換】	名・他サ 交換；交易
0426 □	こうくうびん 【航空便】	名 航空郵件；空運
0427 □	こうこく 【広告】	名・他サ 廣告；作廣告，廣告宣傳 類 コマーシャル
0428 □	こうさいひ 【交際費】	名 應酬費用 類 社交費（しゃこうひ）

こ

0418
校則を守る。
▶ 遵守校規。

0419
船が出港した。
▶ 船出港了。

0420
雑誌の一月号を買う。
▶ 買一月號的雜誌。

0421
銀行の行員。
▶ 銀行職員。

0422
努力にもかかわらず、全然効果が上がらない。
▶ 雖然努力了，效果還是完全未見提升。

0423
もう少し早く駆けつけていればと、後悔してやまない。
▶ 如果再早一點趕過去就好了，對此我一直很後悔。

0424
試験に合格する。
▶ 考試及格。

0425
物々交換。
▶ 以物換物。

0426
注文した品物は至急必要なので、航空便で送ってください。
▶ 我訂購的商品是急件，請用空運送過來。

0427
広告を出すとすれば、たくさんお金が必要になります。
▶ 如果要拍廣告，就需要龐大的資金。

0428
友達と飲んだコーヒーって、交際費。
▶ 跟朋友去喝咖啡，這算是交際費呢？

0429 □	こうじ【工事】	㉝·自サ 工程，工事
0430 □	こうつうひ【交通費】	㉝ 交通費，車馬費 類 足代（あしだい）
0431 □	こうねつひ【光熱費】	㉝ 電費和瓦斯費等 類 燃料費（ねんりょうひ）
0432 □	こうはい【後輩】	㉝ 晚輩，後生；後來的同事，（同一學校）後班生 反 先輩 類 後進（こうしん）
0433 □	こうはん【後半】	㉝ 後半，後一半 反 前半
0434 □	こうふく【幸福】	㉝·形動 沒有憂慮，非常滿足的狀態
0435 □	こうふん【興奮】	㉝·自サ 興奮，激昂；情緒不穩定 反 落ちつく 類 激情（げきじょう）
0436 □	こうみん【公民】	㉝ 公民
0437 □	こうみんかん【公民館】	㉝（市村町等的）文化館，活動中心
0438 □	こうれい【高齢】	㉝ 高齢
0439 □	こうれいしゃ【高齢者】	㉝ 高齢者，年高者

0429
工事の騒音をめぐって、近所から抗議されました。
▶ 工廠因為施工所產生的噪音，而受到附近居民的抗議。

0430
会場までの交通費は自分で払います。
▶ 前往會場的交通費必須自付。

0431
生活が困窮し、学費はおろか光熱費も払えない。
▶ 生活陷入窘境，別說是學費，就連電費和瓦斯費都付不出來。

0432
明日は、後輩もいっしょに来ることになっている。
▶ 預定明天學弟也會一起前來。

0433
私は三十代後半の主婦です。
▶ 我是個超過三十五歲的家庭主婦。

こ

0434
幸福な人生。
▶ 幸福的人生。

0435
互角の試合運びに、興奮きわまりない。
▶ 比賽進入勢均力敵的階段，令人非常興奮。

0436
公民は中学3年生のときに習いました。
▶ 中學三年級時已經上過了公民課程。

0437
公民館で茶道や華道の教室があります。
▶ 公民活動中心裡設有茶道與花道的課程。

0438
会長は高齢ですが、まだまだ元気です。
▶ 會長雖然年事已高，但是依然精力充沛。

0439
近年、高齢者の人数が増えています。
▶ 近年來，高齡人口的數目不斷增加。

0440 □	こえる【越える・超える】	自下一 越過；度過；超出，超過
0441 □	ごえんりょなく【ご遠慮なく】	敬 請不用客氣
0442 □	コース【course】	名 路線，（前進的）路徑；跑道
0443 □	こおり【氷】	名 冰
0444 □	ごかい【誤解】	名・他サ 誤解，誤會 類 勘違い（かんちがい）
0445 □	ごがく【語学】	名 外語的學習，外語，外語課
0446 □	こきょう【故郷】	名 故郷，家郷，出生地 類 郷里（きょうり）
0447 □	こく【国】	漢造 國；政府；國際，國有
0448 □	こくご【国語】	名 一國的語言；本國語言；（學校的）國語（課），語文（課） 類 共通語（きょうつうご）
0449 □	こくさいてきな【国際的な】	形動 國際的 類 世界的な
0450 □	こくせき【国籍】	名 國籍

0440
□
国境を越える。
▶ 穿越國境。

0441
□
どうぞ、ご遠慮なく。
▶ 請不用客氣。

0442
□
コースを変える。
▶ 改變路線。

0443
□
氷が溶ける。
▶ 冰融化。

0444
□
誤解を招くことなく、状況を説明しなければならない。
▶ 為了不引起誤會，要先說明一下狀況才行。

こ

0445
□
語学の天才。
▶ 外語的天才。

0446
□
誰だって、故郷が懐かしいに決まっている。
▶ 不論是誰，都會覺得故鄉很令人懷念。

0447
□
国民の権利。
▶ 國民的權利。

0448
□
国語とはその国を代表する言葉です。
▶ 所謂的國語，就是代表該國的語言。

0449
□
国際的な会議に参加したことがありますか。
▶ 請問您有沒有參加過國際會議呢？

0450
□
国籍を変更する。
▶ 變更國籍。

0451 ☐	こくばん 【黒板】	名 黑板
0452 ☐	こし 【腰】	名·接尾 腰；（衣服、裙子等的）腰身
0453 ☐	こしょう 【胡椒】	名 胡椒 類 ペッパー
0454 ☐	こじん 【個人】	名 個人
0455 ☐	こぜに 【小銭】	名 零錢；零用錢；少量資金
0456 ☐	こづつみ 【小包】	名 小包裏；包裏
0457 ☐	コットン 【cotton】	名 棉，棉花；木棉，棉織品
0458 ☐	ごと 【毎】	接尾 毎
0459 ☐	ごと	接尾 （表示包含在內）一共，連同
0460 ☐	ことわる 【断る】	他五 謝絕；預先通知，事前請示
0461 ☐	コピー 【copy】	名 抄本，謄本，副本；（廣告等的）文稿

0451
黒板を拭く。
▶ 擦黑板。

0452
腰が痛い。
▶ 腰痛。

0453
胡椒を入れたら、くしゃみが出た。
▶ 灑了胡椒後，打了個噴嚏。

0454
個人的な問題。
▶ 私人的問題。

0455
すみませんが、1000円札を小銭に替えてください。
▶ 不好意思，請將千元鈔兌換成硬幣。

0456
小包を出す。
▶ 寄包裹。

0457
友人に赤ちゃんが生まれたので、コットン生地の肌着をプレゼントしました。
▶ 朋友生了小嬰兒，於是我送了她純棉內衣做為禮物。

0458
月ごとの支払い。
▶ 每月支付。

0459
リンゴを皮ごと食べる。
▶ 蘋果帶皮一起吃。

0460
借金を断られる。
▶ 借錢被拒絕。

0461
書類をコピーする。
▶ 影印文件。

0462 ☐	こぼす 【溢す】	他五 灑，漏，溢（液體），落（粉末）；發牢騷，抱怨 類 漏らす（もらす）
0463 ☐	こぼれる 【零れる】	自下一 灑落，流出；溢出，漾出；（花）掉落 類 溢れる
0464 ☐	コミュニケーション 【communication】	名 通訊，報導，信息；（語言、思想、精神上的）交流，溝通
0465 ☐	こむ 【込む】	自五·接尾 擁擠，混雜；費事，精緻，複雜；表進入的意思；表深入或持續到極限
0466 ☐	ゴム 【(荷)gom】	名 樹膠，橡皮，橡膠
0467 ☐	コメディー 【comedy】	名 喜劇 反 悲劇（ひげき） 類 喜劇（きげき）
0468 ☐	ごめんください	連語·感 （道歉、叩門時）對不起，有人在嗎？
0469 ☐ T20	こゆび 【小指】	名 小指頭 反 親指 類 指
0470 ☐	ころす 【殺す】	他五 殺死，致死；抑制，忍住，消除；埋沒；浪費，犧牲，典當；殺，（棒球）使出局 反 生かす（いかす） 類 殺害（さつがい）
0471 ☐	こんご 【今後】	名 今後，以後，將來 類 以後
0472 ☐	こんざつ 【混雑】	名·自サ 混亂，混雜，混染 類 混乱（こんらん）

0462
辛さのあまり、つい愚痴をこぼしてしまいました。
▶ 因為太難受了，而發起牢騷來了。

0463
悲しくて、涙がこぼれてしまった。
▶ 難過得眼淚掉了出來。

0464
仕事の際には、コミュニケーションを大切にしよう。
▶ 工作時，要注重溝通唷。

0465
電車が込む。
▶ 電車擁擠。

0466
輪ゴムでしばる。
▶ 用橡皮筋綁起來。

こ

0467
姉はコメディー映画が好きです。
▶ 姊姊喜歡看喜劇電影。

0468
ごめんください。誰かいらっしゃいますか。
▶ 有人嗎？有人在家嗎？

0469
小指に怪我をしました。
▶ 我小指頭受了傷。

0470
社長を批判すると、殺されかねないよ。
▶ 你要是批評社長，性命可就難保了唷！

0471
今後のことを考える一方、現在の生活も楽しみたいです。
▶ 在為今後作打算的同時，我也想好好享受現在的生活。

0472
新しい道路を作らないことには、混雑は解消しない。
▶ 如果不開一條新的馬路，就沒辦法解除這交通混亂的現象。

0473	コンタクト 【contact lens之略】	名 隱形眼鏡；接觸 類 コンタクトレンズ
0474	こんにちは 【今日は】	感 您好
0475	コンビニ（エンスストア） 【convenience store】	名 便利商店 類 雑貨店（ざっかてん）
0476	さい 【最】	漢造・接頭 最
0477	さい 【祭】	漢造 祭祀，祭禮；節日，節日的狂歡
0478	ざいがく 【在学】	名・自サ 在校學習，上學
0479	さいこう 【最高】	名・形動 （高度、位置、程度）最高，至高無上；頂，極，最 反 最低 類 ベスト
0480	さいてい 【最低】	名・形動 最低，最差，最壞 反 最高 類 最悪（さいあく）
0481	さいほう 【裁縫】	名・自サ 裁縫，縫紉
0482	さか 【坂】	名 斜面，坡道；（比喻人生或工作的關鍵時刻）大關，陡坡 類 坂道（さかみち）
0483	さがる 【下がる】	自五 後退；下降 反 上がる 類 落ちる

さ

0473
コンタクトがずれて、目が痛い。
▶ 隱形眼鏡戴在眼球上的位置偏移了，眼睛疼痛難當。

0474
「こんにちは」と挨拶する。
▶ 打招呼說「您好」。

0475
そのチケットって、コンビニで買えますか。
▶ 請問可以在便利商店買到那張入場券嗎？

0476
最大の敵。
▶ 最大的敵人。

0477
祭礼が行われる。
▶ 舉行祭祀儀式。

0478
大学の前を通るにつけ、在学中のことが懐かしく感じられる。
▶ 每當走過大學前，就會懷念起求學時的種種。

0479
最高におもしろい映画だった。
▶ 這電影有趣極了！

0480
彼は最低の男です。
▶ 他是很差勁的男人。

0481
裁縫を習う。
▶ 學習縫紉。

0482
坂を上ったところに、教会があります。
▶ 上坡之後的地方有座教堂。

0483
危ないから、後ろに下がっていただけますか。
▶ 很危險，可以請您往後退嗎？

0484 □	さく 【昨】	漢造 昨天；前一年，前一季；以前，過去
0485 □	さくじつ 【昨日】	名（「きのう」的鄭重説法）昨日，昨天 反 明日 類 前の日
0486 □	さくじょ 【削除】	名・他サ 刪掉，刪除，勾消，抹掉 類 削り取る（けずりとる）
0487 □	さくねん 【昨年】	名・副 去年 反 来年 類 去年
0488 □	さくひん 【作品】	名 製成品；（藝術）作品，（特指文藝方面） 創作 類 作物（さくぶつ）
0489 □	さくら 【桜】	名（植）櫻花，櫻花樹；淡紅色
0490 □	さけ 【酒】	名 酒（的總稱），日本酒，清酒
0491 □	さけぶ 【叫ぶ】	自五 喊叫，呼叫，大聲叫；呼喊，呼籲 類 わめく
0492 □	さける 【避ける】	他下一 躲避，避開，逃避；避免，忌諱 類 免れる（まぬがれる）
0493 □	さげる 【下げる】	他下一 向下；掛；收走 反 上げる
0494 □	ささる 【刺さる】	自五 刺在…在，扎進，刺入

0484
昨年の正月。
▶ 去年過年。

0485
昨日から横浜で日本語教育についての国際会議が始まりました。
▶ 從昨天開始，於橫濱展開了一場有關日語教育的國際會議。

0486
子どもに悪い影響を与える言葉は、削除することになっている。
▶ 按規定要刪除對孩子有不好影響的詞彙。

0487
昨年はいろいろお世話になりました。
▶ 去年承蒙您多方照顧。

0488
これは私にとって忘れがたい作品です。
▶ 這對我而言，是件難以忘懷的作品。

0489
桜が咲く。
▶ 櫻花開了。

0490
酒に酔う。
▶ 酒醉。

0491
少年は、急に思い出したかのように叫んだ。
▶ 少年好像突然想起了什麼事一般地大叫了一聲。

0492
問題を指摘しつつも、自分から行動することは避けている。
▶ 儘管他指出了問題點，但還是盡量避免自己去做。

0493
飲み終わったら、コップを下げます。
▶ 喝完了，杯子就會收走。

0494
指にガラスの破片が刺さってしまった。
▶ 手指被玻璃碎片給刺傷了。

0495 □	さす【刺す】	他五 刺，穿，扎；螫，咬，釘；縫綴，衲；捉住，黏捕 類 突き刺す（つきさす）
0496 □ T21	さす【指す】	他五 指，指示；使，叫，令，命令做… 類 指示
0497 □	さそう【誘う】	他五 約，邀請；勸誘，會同；誘惑，勾引；引誘，引起 類 促す（うながす）
0498 □	さっか【作家】	名 作家，作者，文藝工作者；藝術家，藝術工作者 類 ライター
0499 □	さっきょくか【作曲家】	名 作曲家
0500 □	さまざま【様々】	名·形動 種種，各式各樣的，形形色色的 類 色々
0501 □	さます【冷ます】	他五 冷卻，弄涼；（使熱情、興趣）降低，減低 類 冷やす（ひやす）
0502 □	さます【覚ます】	他五 （從睡夢中）弄醒，喚醒；（從迷惑、錯誤中）清醒，醒酒；使清醒，使覺醒 類 覚める
0503 □	さめる【冷める】	自下一 （熱的東西）變冷，涼；（熱情、興趣等）降低，減退 類 冷える
0504 □	さめる【覚める】	自下一 （從睡夢中）醒，醒過來；（從迷惑、錯誤、沉醉中）醒悟，清醒 類 目覚める
0505 □	さら【皿】	名 盤子；盤形物；（助數詞）一碟等

0495
蜂に刺されてしまった。
▶ 我被蜜蜂給螫到了。

0496
甲と乙というのは、契約者を指しています。
▶ 這甲乙指的是簽約的雙方。

0497
女性を誘うと、誤解されかねないですよ。
▶ 去邀約女性有可能會招來誤解喔！

0498
さすが、作家だけあって、文章がうまい。
▶ 不愧是作家，文章寫得真好。

0499
作曲家になるにはどうすればよいですか。
▶ 請問該如何成為一個作曲家呢？

さ

0500
失敗の原因については、様々な原因が考えられる。
▶ 針對失敗，我想到了各種原因。

0501
熱いから、冷ましてから食べてください。
▶ 很燙的！請吹涼後再享用。

0502
赤ちゃんは、もう目を覚ましていますか。
▶ 小嬰兒已經醒了嗎？

0503
スープが冷めてしまった。
▶ 湯冷掉了。

0504
びっくりして、目が覚めた。
▶ 嚇了一跳，都醒過來了。

0505
料理を皿に盛る。
▶ 把菜放到盤子裡。

0506 □	さらいげつ【再来月】	名 下下個月
0507 □	さらいしゅう【再来週】	名 下下週
0508 □	さらいねん【再来年】	名 後年
0509 □	サラリーマン【salariedman】	名 薪水階級，職員
0510 □	さわぎ【騒ぎ】	名 吵鬧，吵嚷；混亂，鬧事；轟動一時（的事件），激動，振奮 類 騒動（そうどう）
0511 □	さん【山】	接尾 山；寺院，寺院的山號
0512 □	さん【産】	名・漢造 生產，分娩；（某地方）出生；財產
0513 □	さんか【参加】	名・自サ 參加，加入 類 加入
0514 □	さんかく【三角】	名 三角形
0515 □	ざんぎょう【残業】	名・自サ 加班 類 超勤（ちょうきん）
0516 □	さんすう【算数】	名 算數，初等數學；計算數量 類 計算

0506

再来月旅行しに行く。
▶ 下下個月要去旅行。

0507

再来週出張する。
▶ 下下星期要出差。

0508

再来年留学する。
▶ 後年去留學。

0509

サラリーマン階級。
▶ 薪水階級。

0510

学校で、何か騒ぎが起こったらしい。
▶ 看來學校裡，好像起了什麼騷動的樣子。

0511

富士山に登る。
▶ 爬富士山。

0512

日本産の車。
▶ 日產汽車。

0513

私たちが参加してみたかぎりでは、そのパーティーはとてもよかった。
▶ 就我們參加過的感想，那個派對辦得很成功。

0514

三角にする。
▶ 畫成三角。

0515

彼はデートだから、残業しっこない。
▶ 他要約會，所以不可能會加班的。

0516

うちの子は、算数が得意な反面、国語は苦手です。
▶ 我家小孩的算數很拿手，但另一方面卻拿國文沒輒。

し

0517	さんせい 【賛成】	名・自サ 贊成，同意 反 反対 類 同意
0518	サンプル 【sample】	名・他サ 樣品，樣本
0519	し 【紙】	漢造 報紙的簡稱；紙；文件，刊物
0520	し 【詩】	名・漢造 詩，漢詩，詩歌 類 漢詩（かんし）
0521	じ 【寺】	漢造 寺
0522	しあわせ 【幸せ】	名・形動 運氣，機運；幸福，幸運 反 不幸せ（ふしあわせ） 類 幸福（こうふく）
0523	シーズン 【season】	名 （盛行的）季節，時期 類 時期
0524	CD ドライブ 【CD drive】	名 光碟機
0525	ジーンズ 【jeans】	名 牛仔褲
T22 0526	じえいぎょう 【自営業】	名 獨立經營，獨資
0527	ジェットき 【jet 機】	名 噴氣式飛機，噴射機

0517
みなが賛成するかどうかにかかわらず、私は反対します。
▶ 無論大家賛成與否，我都反對。

0518
サンプルを見て作る。
▶ 依照樣品來製作。

0519
表紙を作る。
▶ 製作封面。

0520
私の趣味は、詩を書くことです。
▶ 我的興趣是作詩。

0521
寺院に詣でる。
▶ 參拜寺院。

0522
結婚すれば幸せというものではないでしょう。
▶ 結婚並不能說就會幸福的吧！

0523
旅行シーズンにもかかわらず、観光客が少ない。
▶ 儘管是觀光旺季，觀光客還是很少。

0524
CD ドライブが起動しません。
▶ 光碟機沒有辦法起動。

0525
ジーンズをはく。
▶ 穿牛仔褲。

0526
自営業ですから、ボーナスはありません。
▶ 因為我從事的是自營業，所以沒有分紅獎金。

0527
ジェット機に乗る。
▶ 乘坐噴射機。

さ

0528 □	しかく 【四角】	名 四角形，四方形，方形
0529 □	しかく 【資格】	名 資格，身份；水準 類 身分（みぶん）
0530 □	じかんめ 【時間目】	接尾 第…小時
0531 □	しげん 【資源】	名 資源
0532 □	じけん 【事件】	名 事件，案件 類 出来事
0533 □	しご 【死後】	名 死後；後事 反 生前 類 没後（ぼつご）
0534 □	じご 【事後】	名 事後 反 事前
0535 □	ししゃごにゅう 【四捨五入】	名 四捨五入
0536 □	ししゅつ 【支出】	名・他サ 開支，支出 反 収入 類 支払い（しはらい）
0537 □	しじん 【詩人】	名 詩人 類 歌人（かじん）
0538 □	じしん 【自信】	名 自信，自信心

0528
四角の面積。
▶ 四方形的面積。

0529
5年かかってやっと弁護士の資格を取得した。
▶ 經過五年的努力不懈，終於取得律師資格。

0530
二時間目の授業。
▶ 第二節課。

0531
この国は、資源は少ないながら、技術でがんばっています。
▶ 這國家資源雖然不足，但仍靠著技術努力發展。

0532
連続して殺人事件が起きた。
▶ 殺人事件接二連三地發生了。

0533
みなさんは死後の世界があると思いますか。
▶ 請問各位認為真的有冥界嗎？

0534
事後に評価報告書を提出してください。
▶ 請在結束以後提交評估報告書。

0535
26を四捨五入すると30です。
▶ 將26四捨五入後就成為30。

0536
支出が増えたせいで、貯金が減った。
▶ 都是支出變多，儲蓄才變少了。

0537
彼は詩人ですが、時々小説も書きます。
▶ 他雖然是個詩人，有時候也會寫寫小說。

0538
自信を持つことこそ、あなたに最も必要なことです。
▶ 要對自己有自信，對你來講才是最需要的。

し

0539 □	しぜん 【自然】	名·形動·副 自然，天然；大自然，自然界；自然地 反 人工（じんこう） 類 天然
0540 □	じぜん 【事前】	名 事前 反 事後
0541 □	した 【舌】	名 舌頭；說話；舌狀物 類 べろ
0542 □	したしい 【親しい】	形 （血緣）近；親近，親密；不稀奇 反 疎い（うとい） 類 懇ろ（ねんごろ）
0543 □	しつ 【質】	名 質量；品質，素質；質地，實質；抵押品； 真誠，樸實 類 性質（せいしつ）
0544 □	じつ 【日】	漢造 太陽；日，一天，白天；每天
0545 □	しつぎょう 【失業】	名·自サ 失業 類 失職（しっしょく）
0546 □	しっけ 【湿気】	名 濕氣 類 湿り（しめり）
0547 □	じっこう 【実行】	名·他サ 實行，落實，施行 類 実践
0548 □	しつど 【湿度】	名 濕度
0549 □	じっと	副·自サ 保持穩定，一動不動；凝神，聚精會 神；一聲不響地忍住；無所做為，呆住 類 つくづく

0539
この国は、経済が遅れている半面、自然が豊かだ。
▶ 這個國家經濟雖落後，但另一方面卻擁有豐富的自然資源。

0540
事前の予告なしに、首相が被災地を訪問した。
▶ 首相沒事先通知就來到了災區。

0541
熱いものを食べて、舌を火傷した。
▶ 我吃到熱食，燙到舌頭了。

0542
学生からの付き合いですから、村田さんとは親しいですよ。
▶ 我和村田先生從學生時代就是朋友了，兩人的交情非常要好。

0543
この店の商品は、あの店に比べて質がいいです。
▶ 這家店的商品，比那家店的品質好多了。

し

0544
翌日に到着する。
▶ 在隔日抵達。

0545
会社が倒産して失業する。
▶ 公司倒閉而失業。

0546
暑さに加えて、湿気もひどくなってきた。
▶ 除了熱之外，濕氣也越來越嚴重。

0547
資金が足りなくて、計画を実行するどころじゃない。
▶ 資金不足，哪能實行計畫呀！

0548
湿度が高くなるにしたがって、いらいらしてくる。
▶ 溼度越高，就越令人感到不耐煩。

0549
相手の顔をじっと見つめる。
▶ 凝神注視對方的臉。

0550 □	じつは 【実は】	副 說真的，老實說，事實是，說實在的 類 打ち明けて言うと
0551 □ T23	じつりょく 【実力】	名 實力，實際能力 類 腕力（わんりょく）
0552 □	しつれいします 【失礼します】	感 （道歉）對不起；（先行離開）先走一步
0553 □	じどう 【自動】	名 自動（不單獨使用）
0554 □	しばらく	副 好久；暫時 類 しばし
0555 □	じばん 【地盤】	名 地基，地面；地盤，勢力範圍
0556 □	しぼう 【死亡】	名・他サ 死亡 反 生存 類 死去（しきょ）
0557 □	しま 【縞】	名 條紋，格紋，條紋布
0558 □	しまがら 【縞柄】	名 條紋花樣 類 縞模様（しまもよう）
0559 □	しまもよう 【縞模様】	名 條紋花樣 類 縞柄
0560 □	じまん 【自慢】	名・他サ 自滿，自誇，自大，驕傲 類 誇る（ほこる）

0550
実は私が企てたことなのです。
▶ 老實說這是我一手策劃的事。

0551
彼女は、実力があるばかりか、やる気もあります。
▶ 她不只有實力，也很有幹勁。

0552
用がある時は、「失礼します」って言ってから入ってね。
▶ 有事情要進去那裡之前，必須先說聲「報告」，才能夠進去喔。

0553
入口は、自動ドアになっています。
▶ 入口是自動門。

0554
しばらく会社を休むつもりです。
▶ 我打算暫時向公司請假。

0555
地盤がゆるい。
▶ 地基鬆軟。

0556
私の見たかぎり、死亡者は一人もいませんでした。
▶ 就我所見，沒有任何人死亡。

0557
縞模様を描く。
▶ 織出條紋。

0558
縞柄のネクタイをつけている人が部長です。
▶ 繫著條紋領帶的人是經理。

0559
縞模様のシャツをたくさん持っています。
▶ 我有很多件條紋襯衫。

0560
彼の自慢の息子だけあって、とても優秀です。
▶ 果然是他引以為傲的兒子，非常的優秀。

し

0561 □	じみ 【地味】	彫動 素氣，樸素，不華美；保守 反 派手 類 素朴（そぼく）
0562 □	しめい 【氏名】	名 姓與名，姓名
0563 □	しめきり 【締め切り】	名 （時間、期限等）截止，屆滿；封死，封閉；截斷，斷流 類 期限
0564 □	しゃ 【車】	名・接尾・漢造 車；（助數詞）車，輛，車廂
0565 □	しゃ 【者】	漢造 者，人；（特定的）事物，場所
0566 □	しゃ 【社】	名・漢造 公司，報社（的簡稱）；社會
0567 □	しやくしょ 【市役所】	名 市政府，市政廳
0568 □	ジャケット 【jacket】	名 外套，短上衣；唱片封面 類 上着 反 下着
0569 □	しゃしょう 【車掌】	名 車掌，列車員 類 乗務員（じょうむいん）
0570 □	ジャズ 【jazz】	名・自サ （樂）爵士音樂
0571 □	しゃっくり	名・自サ 打嗝

0561
この服は地味ながら、とてもセンスがいい。
▶ 儘管這件衣服樸素了點，但卻很有品味。

0562
氏名を詐称する。
▶ 謊報姓名。

0563
締め切りが近づいているにもかかわらず、全然やる気がしない。
▶ 儘管截止時間迫在眉梢，也是一點幹勁都沒有。

0564
電車に乗る。
▶ 搭電車。

0565
筆者に原稿を依頼する。
▶ 請作者寫稿。

し

0566
社員になる。
▶ 成為公司職員。

0567
市役所へ結婚届を出しに行きます。
▶ 我們要去市公所辦理結婚登記。

0568
暑いですから、ジャケットは要りません。
▶ 外面氣溫很高，不必穿外套。

0569
車掌が来たので、切符を見せなければならない。
▶ 車掌來了，得讓他看票根才行。

0570
叔父はジャズのレコードを収集している。
▶ 家叔的嗜好是收集爵士唱片。

0571
しゃっくりが出る。
▶ 打嗝。

0572 □	しゃもじ【杓文字】	名 杓子，飯杓
0573 □	しゅ【手】	漢造 手；親手；專家；有技藝或資格的人
0574 □	しゅ【酒】	漢造 酒
0575 □	しゅう【週】	名・漢造 星期；一圈
0576 □	しゅう【州】	名 大陸，州
0577 □	しゅう【集】	名・漢造（詩歌等的）集；聚集
0578 □	じゅう【重】	名・漢造（文）重大；穩重；重要
0579 □	しゅうきょう【宗教】	名 宗教
0580 □ T24	じゅうきょひ【住居費】	名 住宅費，居住費
0581 □	しゅうしょく【就職】	名・自サ 就職，就業，找到工作 類 勤め
0582 □	ジュース【juice】	名 果汁，汁液，糖汁，肉汁

0572

しゃもじにご飯粒がたくさんついています。
▶ 飯匙上沾滿了飯粒。

0573

助手を呼んでくる。
▶ 請助手過來。

0574

葡萄酒を飲む。
▶ 喝葡萄酒。

0575

週に一回運動する。
▶ 每周運動一次。

0576

州の法律。
▶ 州的法律。

し

0577

作品を全集にまとめる。
▶ 把作品編輯成全集。

0578

重要な役割を担う。
▶ 擔任重要角色。

0579

この国の人々は、どんな宗教を信仰していますか。
▶ 這個國家的人，信仰的是什麼宗教？

0580

住居費はだいたい給料の三分の一ぐらいです。
▶ 住宿費用通常佔薪資的三分之一左右。

0581

就職したからには、一生懸命働きたい。
▶ 既然找到了工作，我就想要努力去做。

0582

ジュースを飲む。
▶ 喝果汁。

0583 ☐	じゅうたい 【渋滞】	名・自サ 停滯不前，進展不順利，不流通 反 はかどる 類 遅れる
0584 ☐	じゅうたん 【絨毯】	名 地毯 類 カーペット
0585 ☐	しゅうまつ 【週末】	名 週末
0586 ☐	じゅうよう 【重要】	名・形動 重要，要緊 類 大事
0587 ☐	しゅうり 【修理】	名・他サ 修理，修繕 類 修繕
0588 ☐	しゅうりだい 【修理代】	名 修理費
0589 ☐	じゅぎょうりょう 【授業料】	名 學費 類 学費
0590 ☐	しゅじゅつ 【手術】	名・他サ 手術 類 オペ
0591 ☐	しゅじん 【主人】	名 家長，一家之主；丈夫，外子；主人；東 家，老闆，店主 類 あるじ
0592 ☐	しゅだん 【手段】	名 手段，方法，辦法 類 方法
0593 ☐	しゅつじょう 【出場】	名・自サ （參加比賽）上場，入場；出站，走出場 類 欠場（けつじょう）

0583
道が渋滞しているので、電車で行くしかありません。
▶ 因為路上塞車，所以只好搭電車去。

0584
居間にじゅうたんを敷こうと思います。
▶ 我打算在客廳鋪塊地毯。

0585
週末には一時間ほどのウォーキングをしています。
▶ 每逢週末就會去健走約莫一個小時。

0586
彼は若いながら、なかなか重要な仕事をしています。
▶ 雖說他很年輕，卻從事相當重要的工作。

0587
この家は修理が必要だ。
▶ 這個房子需要進行修繕。

し

0588
車の修理代に３万円かかりました。
▶ 花了三萬圓修理汽車。

0589
家庭教師は授業料が高い。
▶ 家教老師的授課費用很高。

0590
病気がわかった上は、きちんと手術して治します。
▶ 既然知道生病了，就要好好進行手術治療。

0591
主人は出張しております。
▶ 外子出差了。

0592
よく考えれば、手段がないというものでもありません。
▶ 仔細想想的話，也不是說沒有方法的。

0593
歌がうまくさえあれば、コンクールに出場できる。
▶ 只要歌唱得好，就可以參加比賽。

0594 ☐	しゅっしん 【出身】	㊂ 出生（地），籍貫；出身；畢業於… ㊝ 国籍
0595 ☐	しゅるい 【種類】	㊂ 種類 ㊝ ジャンル
0596 ☐	じゅんさ 【巡査】	㊂ 警察，警官
0597 ☐	じゅんばん 【順番】	㊂ 輪班（的次序），輪流，依次交替 ㊝ 順序
0598 ☐	しょ 【初】	㊍ 初，始；首次，最初
0599 ☐	しょ 【所】	㊍ 處所，地點；特定地
0600 ☐	しょ 【諸】	㊍ 諸
0601 ☐	じょ 【女】	㊂·㊍ （文）女兒；女人，婦女
0602 ☐	じょ 【助】	㊍ 幫助；協助
0603 ☐	しょう 【省】	㊂·㊍ 省掉；（日本內閣的）省，部
0604 ☐	しょう 【商】	㊂·㊍ 商，商業；商人；（數）商；商量

0594
東京出身といっても、育ったのは大阪です。
▶ 雖然我出生於東京，但卻是生長於大阪。

0595
病気の種類に応じて、飲む薬が違うのは当然だ。
▶ 依不同的疾病類型，服用的藥物當然也有所不同。

0596
巡査に逮捕される。
▶ 被警察逮捕。

0597
順番があるのもかまわず、彼は割り込んできた。
▶ 他不管排隊的先後順序，就這樣插隊進來了。

0598
彼とは初対面だ。
▶ 和他是初次見面。

0599
次の場所へ移動する。
▶ 移動到下一個地方。

0600
欧米諸国を旅行する。
▶ 旅行歐美各國。

0601
かわいい少女を見た。
▶ 看見一位可愛的少女。

0602
資金を援助する。
▶ 出資幫助。

0603
新しい省をつくる。
▶ 建立新省。

0604
商店を営む。
▶ 經營商店。

0605 □	しょう 【勝】	漢造 勝利；名勝
0606 □	じょう 【状】	名·漢造（文）書面，信件；情形，狀況
0607 □	じょう 【場】	名·漢造 場，場所；場面
0608 □	じょう 【畳】	接尾·漢造（計算草蓆、席墊）塊，疊；重疊
0609 □ T25	しょうがくせい 【小学生】	名 小學生
0610 □	じょうぎ 【定規】	名（木工使用）尺，規尺；標準
0611 □	しょうきょくてき 【消極的】	形動 消極的
0612 □	しょうきん 【賞金】	名 賞金；獎金
0613 □	じょうけん 【条件】	名 條件；條文，條款 類 制約（せいやく）
0614 □	しょうご 【正午】	名 正午 類 昼
0615 □	じょうし 【上司】	名 上司，上級 反 部下 類 長官

0605
☐
勝利を得た。
▶ 獲勝。

0606
☐
現状を報告する。
▶ 報告現況。

0607
☐
会場を片付ける。
▶ 整理會場。

0608
☐
6畳の部屋。
▶ 六疊室。

0609
☐
小学生になる。
▶ 上小學。

0610
☐
定規で線を引く。
▶ 用尺畫線。

0611
☐
消極的な態度をとる。
▶ 採取消極的態度。

0612
☐
賞金をかせぐ。
▶ 賺取賞金。

0613
☐
相談の上で、条件を決めましょう。
▶ 協商之後，再來決定條件吧。

0614
☐
正午になったのをきっかけに、席を立った。
▶ 趁著中正，離開了座位。

0615
☐
新しい上司に代わってから、仕事がきつく感じる。
▶ 自從新上司就任後，工作變得比以前更加繁重。

し

0616 ☐	しょうじき 【正直】	名・形動・副 正直，老實
0617 ☐	じょうじゅん 【上旬】	名 上旬 反 下旬 類 初旬
0618 ☐	しょうじょ 【少女】	名 少女，小姑娘 類 乙女（おとめ）
0619 ☐	しょうじょう 【症状】	名 症狀
0620 ☐	しょうすう 【小数】	名（數）小數
0621 ☐	しょうすう 【少数】	名 少數
0622 ☐	しょうすうてん 【小数点】	名 小數點
0623 ☐	しょうせつ 【小説】	名 小說 類 物語（ものがたり）
0624 ☐	じょうたい 【状態】	名 狀態，情況 類 状況
0625 ☐	じょうだん 【冗談】	名 戲言，笑話，詼諧，玩笑 類 ジョーク
0626 ☐	しょうとつ 【衝突】	名・自サ 撞，衝撞，碰上；矛盾，不一致；衝突 類 ぶつける

0616
正直な人。
▶ 正直的人。

0617
来月上旬に、日本へ行きます。
▶ 下個月的上旬，我要去日本。

0618
少女は走りかけて、ちょっと立ち止まりました。
▶ 少女跑到一半，就停了一下。

0619
病気の症状。
▶ 病情症狀。

0620
小数点以下は、四捨五入します。
▶ 小數點以下，要四捨五入。

し

0621
賛成者は少数だった。
▶ 少數贊成者。

0622
小数点以下は、書く必要はありません。
▶ 小數點以下的數字不必寫出來。

0623
先生がお書きになった小説を読みたいです。
▶ 我想看老師所寫的小說。

0624
彼は、そのことを知り得る状態にありました。
▶ 他現在已經能得知那件事了。

0625
その冗談は彼女に通じなかった。
▶ 她沒聽懂那個玩笑。

0626
車は、走り出したとたんに壁に衝突しました。
▶ 車子才剛發動，就撞上了牆壁。

0627 □	しょうねん 【少年】	名 少年 反 少女 類 青年
0628 □	しょうばい 【商売】	名・自サ 經商，買賣，生意；職業，行業 類 商い（あきない）
0629 □	しょうひ 【消費】	名・他サ 消費，耗費 反 貯金（ちょきん） 類 消耗（しょうもう）
0630 □	しょうひん 【商品】	名 商品，貨品
0631 □	じょうほう 【情報】	名 情報，信息 類 インフォメーション
0632 □	しょうぼうしょ 【消防署】	名 消防局，消防署
0633 □	しょうめい 【証明】	名・他サ 證明 類 証（あかし）
0634 □	しょうめん 【正面】	名 正面；對面；直接，面對面 反 背面（はいめん） 類 前方
0635 □	しょうりゃく 【省略】	名・副・他サ 省略，從略 類 省く（はぶく）
0636 □ T26	しようりょう 【使用料】	名 使用費
0637 □	しょく 【色】	漢造 顔色；臉色，容貌；色情；景象

0627
もう一度少年の頃に戻りたい。
▶ 我想再次回到年少時期。

0628
商売がうまくいかないからといって、酒ばかり飲んでいてはだめですよ。
▶ 不能說因為經商不順，就老酗酒呀！

0629
ガソリンの消費量が、増加ぎみです。
▶ 汽油的消耗量，有增加的趨勢。

0630
商品が揃う。
▶ 商品齊備。

0631
IT業界について、何か新しい情報はありますか。
▶ 關於IT產業，你有什麼新的情報？

し

0632
消防署に通報する。
▶ 通知消防局。

0633
身の潔白を証明する。
▶ 證明是清白之身。

0634
ビルの正面玄関に立っている人は誰ですか。
▶ 站在大樓正門前的是那位是誰？

0635
来賓向けの挨拶は、省略した。
▶ 我們省掉了跟來賓的致詞。

0636
ホテルで結婚式をすると、会場使用料はいくらぐらいですか。
▶ 請問若是在大飯店裡舉行婚宴，場地租用費大約是多少錢呢？

0637
顔色を失う。
▶ 花容失色。

0638	しょくご 【食後】	名 飯後，食後
0639	しょくじだい 【食事代】	名 餐費，飯錢 類 食費
0640	しょくぜん 【食前】	名 飯前
0641	しょくにん 【職人】	名 工匠 類 匠（たくみ）
0642	しょくひ 【食費】	名 伙食費，飯錢 類 食事代
0643	しょくりょう 【食料】	名 食品，食物；食費
0644	しょくりょう 【食糧】	名 食糧，糧食
0645	しょっきだな 【食器棚】	名 餐具櫃，碗廚
0646	ショック 【shock】	名 震動，刺激，打擊；（手術或注射後的）休克 類 打擊
0647	しょもつ 【書物】	名 （文）書，書籍，圖書
0648	じょゆう 【女優】	名 女演員 反 男優 類 女役者（おんなやくしゃ）

0638
お飲み物は食事と一緒ですか。食後ですか。
▶ 飲料跟餐點一起上，還是飯後送？

0639
今夜の食事代は会社の経費です。
▶ 今天晚上的餐費由公司的經費支應。

0640
粉薬は食前に飲んでください。
▶ 請在飯前服用藥粉。

0641
職人たちは、親方のもとで修業をします。
▶ 工匠們在師傅的身邊修行。

0642
日本では食費や家の値段が高くて、生活が大変です。
▶ 日本的飲食費用和房屋的價格太高了，居住生活很吃力。

し

0643
食料を配る。
▶ 分配食物。

0644
食糧を蓄える。
▶ 儲存糧食。

0645
引越ししたばかりで、食器棚は空っぽです。
▶ 由於才剛剛搬來，餐具櫃裡什麼都還沒擺。

0646
彼女はショックのあまり、言葉を失った。
▶ 她因為太過震驚而說不出話來。

0647
書物を読む。
▶ 閱讀書籍。

0648
その女優は、監督の命令どおりに演技した。
▶ 那個女演員依導演的指示演戲。

0649 ☐	しょるい 【書類】	名 文書，公文，文件 類 文書
0650 ☐	しらせ 【知らせ】	名 通知；預兆，前兆
0651 ☐	しり 【尻】	名 屁股，臀部；（移動物體的）後方，後面； 末尾，最後；（長物的）末端 類 臀部（でんぶ）
0652 ☐	しりあい 【知り合い】	名 熟人，朋友 類 知人
0653 ☐	シルク 【silk】	名 絲，絲綢；生絲 類 織物
0654 ☐	しるし 【印】	名 記號，符號；象徵（物），標記；徽章； （心意的）表示；紀念（品）；商標 類 目印（めじるし）
0655 ☐	しろ 【白】	名 白，皎白，白色；清白
0656 ☐	しん 【新】	名・漢造 新；剛收穫的；新曆
0657 ☐	しんがく 【進学】	名・自サ 升學；進修學問 類 進む
0658 ☐	しんがくりつ 【進学率】	名 升學率
0659 ☐	しんかんせん 【新幹線】	名 日本鐵道新幹線

0649
書類はできたものの、まだ部長のサインをもらっていない。
▶ 雖然文件都準備好了，但還沒得到部長的簽名。

0650
知らせが来た。
▶ 通知送來了。

0651
ずっと座っていたら、おしりが痛くなった。
▶ 一直坐著，屁股就痛了起來。

0652
鈴木さんは、佐藤さんと知り合いだということです。
▶ 據說鈴木先生和佐藤先生似乎是熟人。

0653
シルクのドレスを買いたいです。
▶ 我想要買一件絲綢的洋裝。

0654
間違えないように、印をつけた。
▶ 為了避免搞錯而貼上了標籤。

0655
容疑者は白だった。
▶ 嫌疑犯是清白的。

0656
新旧交代の時期。
▶ 新舊交替時期。

0657
学費がなくて、高校進学でさえ難しかった。
▶ 籌不出學費，連上高中都是問題。

0658
あの高校は進学率が高い。
▶ 那所高中升學率很高。

0659
新幹線に乗る。
▶ 搭新幹線。

し

0660 ☐	しんごう 【信号】	名·自サ 信號，燈號；（鐵路、道路等的）號誌；暗號
0661 ☐	しんしつ 【寝室】	名 寢室 類 寝屋（ねや）
0662 ☐ T27	しんじる・しんずる 【信じる・信ずる】	他上一 信，相信；確信，深信；信賴，可靠；信仰 反 不信 類 信用する
0663 ☐	しんせい 【申請】	名·他サ 申請，聲請 類 申し出る（もうしでる）
0664 ☐	しんせん 【新鮮】	名·形動 （食物）新鮮；清新乾淨；新穎，全新 類 フレッシュ
0665 ☐	しんちょう 【身長】	名 身高 類 身の丈（みのたけ）
0666 ☐	しんぽ 【進歩】	名·自サ 進步 反 退歩（たいほ） 類 向上
0667 ☐	しんや 【深夜】	名 深夜 類 夜更け（よふけ）
す 0668 ☐	す【酢】	名 醋 類 醤油
0669 ☐	すいてき 【水滴】	名 （文）水滴；（注水研墨用的）硯水壺
0670 ☐	すいとう 【水筒】	名 （旅行用）水筒，水壺

0660
信号が変わる。
▶ 燈號改變。

0661
この家は居間と寝室と食堂がある。
▶ 這個住家有客廳、臥房以及餐廳。

0662
これだけ説明されたら、信じざるをえない。
▶ 聽你這一番解說，我不得不相信你了。

0663
証明書を申請するたびに、用紙に書かなければなりません。
▶ 每次申請證明書時，都要填寫申請單。

0664
刺身といえば、やはり新鮮さが重要です。
▶ 說到生魚片，還是新鮮度最重要。

0665
あなたの身長は、バスケットボール向きですね。
▶ 你的身高還真是適合打籃球呀！

0666
科学の進歩のおかげで、生活が便利になった。
▶ 因為科學進步的關係，生活變方便多了。

0667
深夜どころか、翌朝まで仕事をしました。
▶ 豈止到深夜，我是工作到隔天早上。

0668
そんなに酢をたくさん入れるものではない。
▶ 不應該加那麼多醋。

0669
水滴が落ちた。
▶ 水滴落下來。

0670
水筒を持参する。
▶ 自備水壺。

し

0671 ☐	すいどうだい 【水道代】	名 自來水費 類 水道料金
0672 ☐	すいどうりょうきん 【水道料金】	名 自來水費 類 水道代
0673 ☐	すいはんき 【炊飯器】	名 電子鍋
0674 ☐	ずいひつ 【随筆】	名 隨筆，小品文，散文，雜文
0675 ☐	すうじ 【数字】	名 數字；各個數字
0676 ☐	スープ 【soup】	名 西餐的湯
0677 ☐	スカーフ 【scarf】	名 圍巾，披肩；領結 類 襟巻き（えりまき）
0678 ☐	スキー 【ski】	名 滑雪；滑雪橇，滑雪板
0679 ☐	すぎる 【過ぎる】	自上一 超過；過於；經過 類 経過する
0680 ☐	すくなくとも 【少なくとも】	副 至少，對低，最低限度 類 せめて
0681 ☐	すごい 【凄い】	形 可怕的，令人害怕的；意外的好，好的令人吃驚，了不起；（俗）非常，厲害 類 甚だしい（はなはだしい）

0671
水道代は一月2000円ぐらいです。
▶ 水費每個月大約兩千圓左右。

0672
水道料金を支払いたいのですが。
▶ 我想要付自來水費……。

0673
この炊飯器はもう10年も使っています。
▶ 這個電鍋已經用了十年。

0674
随筆を書く。
▶ 寫散文。

0675
数字で示す。
▶ 用數字表示。

す

0676
スープを飲む。
▶ 喝湯。

0677
寒いので、スカーフをしていきましょう。
▶ 因為天寒，所以圍上圍巾後再出去吧！

0678
スキーに行く。
▶ 去滑雪。

0679
5時を過ぎたので、もううちに帰ります。
▶ 已經五點多了，我要回家了。

0680
休暇を取るとしたら、少なくとも三日前に言わなければなりません。
▶ 如果要請假，至少要在三天前說才行。

0681
すごい嵐になってしまいました。
▶ 它轉變成猛烈的暴風雨了。

0682	すこしも 【少しも】	副 （下接否定）一點也不，絲毫也不 類 ちっとも
0683	すごす 【過ごす】	他五・接尾 度（日子、時間），過生活；過渡過量；放過，不管 類 暮らす（くらす）
0684	すすむ 【進む】	自五・接尾 進，前進；進步，先進；進展；升級，進級；升入，進入，到達；繼續下去 類 前進する
0685	すすめる 【進める】	他下一 使向前推進，使前進；推進，發展，開展；進行，舉行；提升，晉級；增進，使旺盛 類 前進させる
0686	すすめる 【勧める】	他下一 勸告，勸誘；勸，進（煙茶酒等） 類 促す（うながす）
0687	すすめる 【薦める】	他下一 勸告，勸告，勸誘；勸，敬（煙、酒、茶、座等） 類 推薦する
0688	すそ 【裾】	名 下擺，下襟；山腳；（靠近頸部的）頭髮
0689	スター 【star】	名 （影劇）明星，主角；星狀物，星
0690	スチュワーデス 【stewardess】	名 飛機上的女服務員；（客輪的）女服務員
0691	ずっと	副 更；一直 類 終始
0692	すっぱい 【酸っぱい】	形 酸，酸的

T28

0682

お金なんか、少しも興味ないです。
▶ 金錢這東西，我一點都不感興趣。

0683

たとえ外国に住んでいても、お正月は日本で過ごしたいです。
▶ 就算是住在外國，新年還是想在日本過。

0684

行列はゆっくりと寺へ向かって進んだ。
▶ 隊伍緩慢地往寺廟前進。

0685

企業向けの宣伝を進めています。
▶ 我在推廣以企業為對象的宣傳。

0686

これは医者が勧める健康法の一つです。
▶ 這是醫師建議的保健法之一。

0687

彼はＡ大学の出身だから、Ａ大学を薦めるわけだ。
▶ 他是從Ａ大學畢業的，難怪會推薦Ａ大學。

0688

ジーンズの裾を５センチほど短く直してください。
▶ 請將牛仔褲的褲腳改短五公分左右。

0689

スーパースターになる。
▶ 成為超級巨星。

0690

スチュワーデスを目指す。
▶ 想當空姐。

0691

ずっとほしかったギターをもらった。
▶ 收到夢寐以求的吉他。

0692

梅干しは酸っぱい。
▶ 酸梅很酸。

0693 ☐	ストーリー【story】	㊂ 故事，小說；（小說、劇本等的）劇情，結構 ㊣ 物語
0694 ☐	ストッキング【stocking】	㊂ 褲襪；長筒襪 ㊣ 靴下
0695 ☐	ストライプ【strip】	㊂ 條紋；條紋布 ㊣ 縞模様
0696 ☐	ストレス【stress】	㊂ （語）重音；（理）壓力；（精神）緊張狀態 ㊣ 圧力、プレッシャー
0697 ☐	すなわち【即ち】	㊤ 即，換言之；即是，正是；則，彼時；乃，於是 ㊣ つまり
0698 ☐	スニーカー【sneakers】	㊂ 球鞋，運動鞋 ㊣ 運動靴（うんどうぐつ）
0699 ☐	スピード【speed】	㊂ 快速，迅速；速度 ㊣ 速さ
0700 ☐	ずひょう【図表】	㊂ 圖表
0701 ☐	スポーツせんしゅ【sports選手】	㊂ 運動選手 ㊣ アスリート
0702 ☐	スポーツちゅうけい【スポーツ中継】	㊂ 體育（競賽）直播，轉播
0703 ☐	すます【済ます】	㊤五・接尾 弄完，辦完；償還，還清；對付，將就，湊合；（接在其他動詞連用形下面）表示完全成為……

0693
日本のアニメはストーリーがおもしろいと思います。
▶ 我覺得日本卡通的故事情節很有趣。

0694
ストッキングをはいて出かけた。
▶ 我穿上褲襪便出門去了。

0695
学校の制服はストライプ模様です。
▶ 學校制服上面印有條紋圖案。

0696
ストレスと疲れがあいまって、寝込んでしまった。
▶ 壓力加上疲勞，竟病倒了。

0697
1ポンド、すなわち100ペンス。
▶ 一磅也就是100便士。

す

0698
運動会の前に、新しいスニーカーを買ってあげましょう。
▶ 在運動會之前，買雙新的運動鞋給你吧。

0699
あまりスピードを出すと危ない。
▶ 速度太快了很危險。

0700
図表にする。
▶ 製成圖表。

0701
好きなスポーツ選手がいますか。
▶ 你有沒有喜歡的運動選手呢？

0702
父と兄はスポーツ中継が大好きです。
▶ 爸爸和哥哥最喜歡看現場直播的運動比賽了。

0703
犬の散歩かたがた、郵便局によって用事を済ました。
▶ 溜狗的同時，順道去郵局辦了事情。

0704 ☐	すませる 【済ませる】	他五・接尾 弄完，辦完；償還，還清；將就，湊合 類 終える
0705 ☐	すまない	連語 對不起，抱歉；（做寒暄語）對不起
0706 ☐	すみません	連語 抱歉，不好意思
0707 ☐	すれちがう 【擦れ違う】	自五 交錯，錯過去；不一致，不吻合，互相分 歧；錯車
0708 ☐	せい 【性】	名・漢造 性別；幸運；本性
0709 ☐	せいかく 【性格】	名 （人的）性格，性情；（事物的）性質，特性 類 人柄（ひとがら）
0710 ☐	せいかく 【正確】	名・形動 正確，準確 類 正しい
0711 ☐	せいかつひ 【生活費】	名 生活費
0712 ☐	せいき 【世紀】	名 世紀，百代；時代，年代；百年一現，絕世 類 時代
0713 ☐	ぜいきん 【税金】	名 税金，税款 類 所得税（しょとくぜい）
0714 ☐	せいけつ 【清潔】	名・形動 乾淨的，清潔的；廉潔；純潔 反 不潔

せ

T29

0704
もう手続きを済ませたから、ほっとしているわけだ。
▶ 因為手續都辦完了，怪不得這麼輕鬆。

0705
すまないと言ってくれた。
▶ 向我道了歉。

0706
お待たせしてすみません。
▶ 讓您久等，真是抱歉。

0707
彼女は濃いお化粧をしているから、擦れ違っても気がつかなかったわけだ。
▶ 她畫著濃妝，難怪算擦身而過，也沒發現到是她。

0708
性の区別なく。
▶ 不分性別。

す

0709
それぞれの性格に応じて、適した職場を与える。
▶ 依各人的個性，給予適合的工作環境。

0710
事実を正確に記録する。
▶ 事實正確記錄下來。

0711
毎月の生活費に20万円かかります。
▶ 每個月的生活費需花二十萬圓。

0712
20世紀初頭の日本について研究しています。
▶ 我正針對20世紀初的日本進行研究。

0713
税金の負担が重過ぎる。
▶ 稅金的負擔，實在是太重了。

0714
ホテルの部屋はとても清潔だった。
▶ 飯店的房間，非常的乾淨。

0715	せいこう 【成功】	名·自サ 成功，成就，勝利；功成名就，成功立業 反 失敗　類 達成（たっせい）
0716	せいさん 【生産】	名·他サ 生産，製造；創作（藝術品等）；生業，生計 反 消費　類 産出
0717	せいさん 【清算】	名·他サ 結算，清算；清理財産；結束，了結
0718	せいじか 【政治家】	名 政治家（多半指議員）
0719	せいしつ 【性質】	名 性格，性情；（事物）性質，特性 類 たち
0720	せいじん 【成人】	名·自サ 成年人；成長，（長大）成人 類 大人（おとな）
0721	せいすう 【整数】	名 （數）整数
0722	せいぜん 【生前】	名 生前 反 死後 類 死ぬ前
0723	せいちょう 【成長】	名·自サ （經濟、生産）成長，增長，發展；（人、動物）生長，發育 類 生い立ち（おいたち）
0724	せいねん 【青年】	名 青年，年輕人 類 若者
0725	せいねんがっぴ 【生年月日】	名 出生年月日，生日 類 誕生日

0715
まるで成功したかのような大騒ぎだった。
▶ 簡直像是成功了一般狂歡大鬧。

0716
わが社は、家具の生産をする一方で、販売も行っています。
▶ 我們公司除了生產家具之外，也有販賣家具。

0717
10年かけてようやく借金を清算した。
▶ 花費了十年的時間，終於把債務給還清了。

0718
あなたはどの政治家を支持していますか
▶ 請問您支持哪位政治家呢？

0719
磁石のプラスとマイナスは引っ張り合う性質があります。
▶ 磁鐵的正極和負極，具有相吸的特性。

せ

0720
成人するまで、煙草を吸ってはいけません。
▶ 到長大成人之前，不可以抽煙。

0721
答えは整数だ。
▶ 答案為整數。

0722
祖父は生前よく釣りをしていました。
▶ 祖父在世時經常去釣魚。

0723
子どもの成長が、楽しみでなりません。
▶ 孩子們的成長，真叫人期待。

0724
彼は、なかなか感じのよい青年だ。
▶ 他是個令人覺得相當年輕有為的青年。

0725
書類には、生年月日を書くことになっていた。
▶ 文件上規定要填上出生年月日。

0726 ☐	せいのう 【性能】	名 性能，機能，效能
0727 ☐	せいひん 【製品】	名 製品，產品 類 商品
0728 ☐	せいふく 【制服】	名 制服 類 ユニホーム
0729 ☐	せいぶつ 【生物】	名 生物 類 生き物
0730 ☐	せいり 【整理】	名・他サ 整理，收拾，整頓；清理，處理；捨棄，淘汰，裁減 類 整頓（せいとん）
0731 ☐	せき 【席】	名・漢造 席，坐墊；席位，坐位
0732 ☐	せきにん 【責任】	名 責任，職責 類 責務
0733 ☐	せけん 【世間】	名 世上，社會上；世人；社會輿論；（交際活動的）範圍 類 世の中
0734 ☐	せっきょくてき 【積極的】	形動 積極的 反 消極的 類 前向き（まえむき）
0735 ☐	ぜったい 【絶対】	名・副 絕對，無與倫比；堅絕，斷然，一定 反 相対 類 絶対的
0736 ☐	セット 【set】	名・他サ 一組，一套；舞台裝置，布景；（網球等）盤，局；組裝，裝配；梳整頭髮 類 揃い（そろい）

0726

性能が悪い。
▶ 性能不好。

0727

この材料では、製品の品質は保証しかねます。
▶ 如果是這種材料的話，恐難以保證產品的品質。

0728

制服を着るだに、身が引き締まる思いがする。
▶ 一穿上制服，就使人精神抖擻。

0729

湖の中には、どんな生物がいますか。
▶ 湖裡有什麼生物？

0730

今、整理をしかけたところなので、まだ片付いていません。
▶ 現在才整理到一半，還沒完全整理好。

0731

席を譲る。
▶ 讓座。

0732

責任者のくせに、逃げるつもりですか。
▶ 明明你就是負責人，還想要逃跑嗎？

0733

世間の人に恥ずかしいようなことをするものではない。
▶ 不要對別人做出一些可恥的事來。

0734

とにかく積極的に仕事をすることですね。
▶ 總而言之，就是要積極地工作是吧。

0735

この本、読んでごらん、絶対におもしろいよ。
▶ 建議你看這本書，一定很有趣喔。

0736

この茶碗を一セットください。
▶ 請給我一組這種碗。

せ

0737 □	せつやく 【節約】	名·他サ 節約，節省 反 浪費 類 倹約（けんやく）
0738 □ T30	せともの 【瀬戸物】	名 陶瓷品
0739 □	ぜひ 【是非】	名·副 務必；好與壞 類 どうしても
0740 □	せわ 【世話】	名·他サ 援助，幫助；介紹，推薦；照顧，照料；俗語，常言 類 面倒見（めんどうみ）
0741 □	せん 【戦】	漢造 戰爭；決勝負，體育比賽；發抖
0742 □	ぜん 【全】	漢造 全部，完全；整個；完整無缺
0743 □	ぜん 【前】	漢造 前方，前面；（時間）早；預先；從前
0744 □	せんきょ 【選挙】	名·他サ 選舉，推選
0745 □	せんざい 【洗剤】	名 洗滌劑，洗衣粉（精） 類 洗浄剤（せんじょうざい）
0746 □	せんじつ 【先日】	名 前天；前些日子 類 この間
0747 □	ぜんじつ 【前日】	名 前一天

0737
節約しているのに、お金がなくなる一方だ。
▶ 我已經很省了，但是錢卻越來越少。

0738
瀬戸物を収集する。
▶ 收集陶瓷器。

0739
あなたの作品をぜひ読ませてください。
▶ 請務必讓我拜讀您的作品。

0740
ありがたいことに、母が子どもたちの世話をしてくれます。
▶ 慶幸的是，媽媽會幫我照顧小孩。

0741
選挙の激戦区。
▶ 選舉中競爭最激烈的地區。

0742
全世界。
▶ 全世界。

0743
前首相。
▶ 前首相。

0744
選挙の際には、応援をよろしくお願いします。
▶ 選舉的時候，就請拜託您的支持了。

0745
洗剤なんか使わなくても、きれいに落ちます。
▶ 就算不用什麼洗衣精，也能將污垢去除得乾乾淨淨。

0746
先日、駅で偶然田中さんに会った。
▶ 前些日子，偶然在車站遇到了田中小姐。

0747
入学式の前日、緊張して眠れませんでした。
▶ 在參加入學典禮的前一天，我緊張得睡不著覺。

0748 □	せんたくき 【洗濯機】	名 洗衣機
0749 □	センチ 【centimeter】	名 厘米，公分
0750 □	せんでん 【宣伝】	名·自他サ 宣傳，廣告；吹噓，鼓吹，誇大其詞 類 広告（こうこく）
0751 □	ぜんはん 【前半】	名 前半，前半部
0752 □	せんぷうき 【扇風機】	名 風扇，電扇
0753 □	せんめんじょ 【洗面所】	名 化妝室，廁所 類 手洗い
0754 □	せんもんがっこう 【専門学校】	名 專科學校
そ 0755 □	そう 【総】	漢造 總括；總覽；總，全體；全部
0756 □	そうじき 【掃除機】	名 除塵機，吸塵器
0757 □	そうぞう 【想像】	名·他サ 想像 類 イマジネーション
0758 □	そうちょう 【早朝】	名 早晨，清晨

0748
このセーターは洗濯機で洗えますか。
▶ 這件毛線衣可以用洗衣機洗嗎？

0749
1 センチ右にずれる。
▶ 往右偏離了一公分。

0750
あなたの会社を宣伝するかわりに、うちの商品を買ってください。
▶ 我幫貴公司宣傳，相對地，請購買我們的商品。

0751
私のチームは前半に 5 点も得点しました。
▶ 我們這隊在上半場已經奪得高達五分了。

0752
扇風機を止める。
▶ 關上電扇。

せ

0753
彼女の家は洗面所にもお花が飾ってあります。
▶ 她家的洗臉台上也裝飾著鮮花。

0754
高校を出て専門学校に行く学生が多くなった。
▶ 在高中畢業後，進入專科學校就讀的學生越來越多了。

0755
総員 50 名だ。
▶ 總共有五十人。

0756
毎日掃除機をかけますか。
▶ 每天都用吸塵器清掃嗎？

0757
そんなひどい状況は、想像し得ない。
▶ 那種慘狀，真叫人無法想像。

0758
早朝に勉強するのが好きです。
▶ 我喜歡在早晨讀書。

0759 □	ぞうり 【草履】	名 草履，草鞋
0760 □	そうりょう 【送料】	名 郵費，運費 類 送り賃（おくりちん）
0761 □	ソース 【sauce】	名 （西餐用）調味汁
0762 □	そく 【足】	接尾·漢造 （助數詞）雙；足；足夠；添
0763 □	そくたつ 【速達】	名·自他サ 快速信件
0764 □	そくど 【速度】	名 速度 類 スピード
0765 □	そこ 【底】	名 底，底子；最低處，限度；底層，深處；邊際，極限
0766 □ T31	そこで	接續 因此，所以；（轉換話題時）那麼，下面，於是 類 それで
0767 □	そだつ 【育つ】	自五 成長，長大，發育 類 成長する
0768 □	ソックス 【socks】	名 短襪
0769 □	そっくり	形動·副 一模一樣，極其相似；全部，完全，原封不動 類 似る（にる）

0759
草履を履く。
▶ 穿草鞋。

0760
送料が1000円以下になるように、工夫してください。
▶ 請設法將運費壓到1000日圓以下。

0761
我が家にいながら、プロが作ったソースが楽しめる。
▶ 就算待在自己的家裡，也能享用到行家調製的醬料。

0762
靴下を二足買った。
▶ 買了兩雙襪子。

0763
速達で出せば、間に合わないこともないだろう。
▶ 寄快遞的話，就不會趕不上吧！

0764
狭い道で、車の速度を上げるものではない。
▶ 不應該在狹窄的車道上開快車。

0765
海の底までもぐったら、きれいな魚がいた。
▶ 我潛到海底，看見了美麗的魚兒。

0766
そこで、私は思い切って意見を言いました。
▶ 於是，我就直接了當地說出了我的看法。

0767
子どもたちは、元気に育っています。
▶ 孩子們健康地成長著。

0768
外で遊んだら、ソックスまで砂まみれになった。
▶ 外面玩瘋了，連襪上也全都沾滿泥沙。

0769
彼ら親子は、似ているというより、もうそっくりなんですよ。
▶ 他們母子，與其說是像，倒不如說是長得一模一樣了。

そ

0770 □	そっと	副 悄悄地，安靜的；輕輕的；偷偷地；照原樣不動的 類 静かに
0771 □	そで 【袖】	名 衣袖；（桌子）兩側抽屜，（大門）兩側的廳房，舞台的兩側，飛機（兩翼） 類 スリーブ
0772 □	そのうえ 【その上】	接 又，而且，加之，兼之
0773 □	そのうち 【その内】	副·連語 最近，過幾天，不久；其中
0774 □	そば 【蕎麦】	名 蕎麥；蕎麥麵
0775 □	ソファー 【sofa】	名 沙發（亦可唸作「ソファ」）
0776 □	そぼく 【素朴】	名·形動 樸素，純樸，質樸；（思想）純樸
0777 □	それぞれ	副 每個（人），分別，各自 類 おのおの
0778 □	それで	接 因此；後來 類 それゆえ
0779 □	それとも	接 或著，還是 類 もしくは
0780 □	そろう 【揃う】	自五 （成套的東西）備齊；成套；一致，（全部）一樣，整齊；（人）到齊，齊聚 類 整う（ととのう）

0770

しばらくそっと見守ることにしました。
▶ 我決定暫時先在靜悄悄地看守著他。

0771

半袖と長袖と、どちらがいいですか。
▶ 要長袖還是短袖？

0772

質がいい。その上値段も安い。
▶ 不只品質佳，而且價錢便宜。

0773

兄はその内帰ってくるから、暫く待ってください。
▶ 我哥哥就快要回來了，請稍等一下。

0774

蕎麦を植える。
▶ 種植蕎麥。

0775

ソファーに座る。
▶ 坐在沙發上。

0776

素朴な考え方。
▶ 單純的想法。

0777

同じテーマをもとに、それぞれの作家が小説を書いた。
▶ 各個不同的作家都在同一個主題下寫了小說。

0778

それで、いつまでに終わりますか。
▶ 那麼，什麼時候結束呢？

0779

女か、それとも男か。
▶ 是女的還是男的。

0780

クラス全員が揃いっこありませんよ。
▶ 不可能全班都到齊的啦！

0781 ☐	そろえる 【揃える】	他下一 使…備齊；使…一致；湊齊，弄齊，使成對 類 整える（ととのえる）
0782 ☐	そんけい 【尊敬】	名・他サ 尊敬
0783 ☐	たい 【対】	名・漢造 對比，對方；同等，對等；相對，相向；（比賽）比；面對
0784 ☐	だい 【代】	名・漢造 代，輩；一生，一世；代價
0785 ☐	だい 【第】	漢造 順序；考試及格，錄取
0786 ☐	だい 【題】	名・自サ・漢造 題目，標題；問題；題辭
0787 ☐	たいがく 【退学】	名・自サ 退學
0788 ☐	だいがくいん 【大学院】	名 （大學的）研究所
0789 ☐	だいく 【大工】	名 木匠，木工 類 匠（たくみ）
0790 ☐	たいくつ 【退屈】	名・自サ・形動 無聊，鬱悶，寂，厭倦 類 つまらない
0791 ☐	たいじゅう 【体重】	名 體重

た

0781 ☐
必要なものを揃えてからでなければ、出発できません。
▶ 如果沒有準備齊必需品，就沒有辦法出發。

0782 ☐
両親を尊敬する。
▶ 尊敬雙親。

0783 ☐
1対1で引き分けです。
▶ 一比一平手。

0784 ☐
代がかわる。
▶ 世代交替。

0785 ☐
第1番。
▶ 第一號。

そ

0786 ☐
作品に題をつける。
▶ 給作品題上名。

0787 ☐
退学してからというもの、仕事も探さず毎日ぶらぶらしている。
▶ 自從退學以後，連工作也不找，成天遊手好閒。

0788 ☐
来年、大学院に行くつもりです。
▶ 我計畫明年進研究所唸書。

0789 ☐
大工が家を建てている。
▶ 木工在蓋房子。

0790 ☐
やることがなくて、どんなに退屈したことか。
▶ 無事可做，是多麼的無聊啊！

0791 ☐
たくさん食べていたら、体重は減りっこないですよ。
▶ 如果吃太多東西，體重是絕對不可能下降的。

0792 ⬜ T32	たいしょく【退職】	名·自サ 退職
0793 ⬜	だいたい【大体】	副 大部分；大致；大概 類 おおよそ
0794 ⬜	たいど【態度】	名 態度，表現；舉止，神情，作風 類 素振り（そぶり）
0795 ⬜	タイトル【title】	名 （文章的）題目，（著述的）標題；稱號，職稱 類 題名（だいめい）
0796 ⬜	ダイニング【dining】	名 吃飯，用餐；餐廳（ダイニングルーム之略）；西式餐館
0797 ⬜	だいひょう【代表】	名·他サ 代表
0798 ⬜	タイプ【type】	名·他サ 型，形式，類型；典型，榜樣，樣本，標本；（印）鉛字，活字；打字（機） 類 型式（かたしき）；タイプライター
0799 ⬜	だいぶ【大分】	名·形動 很，頗，相當，相當地，非常 類 ずいぶん
0800 ⬜	だいめい【題名】	名 （圖書、詩文、戲劇、電影等的）標題，題名 類 題（だい）
0801 ⬜	ダイヤ【diagram 之略】	名 列車時刻表；圖表，圖解
0802 ⬜	ダイヤ（モンド）【diamond】	名 鑽石

0792
退職して、時間を持て余しているといったところです。
▶ 退休後可說是無所事事。

0793
練習して、この曲はだいたい弾けるようになった。
▶ 練習以後，大致會彈這首曲子了。

0794
君の態度には、先生でさえ怒っていたよ。
▶ 對於你的態度，就算是老師也感到很生氣喔。

0795
全文を読むまでもなく、タイトルを見れば内容がだいたい分かる。
▶ 不需讀完全文，只要看標題即可瞭解大致內容。

0796
広いダイニングですので、10人ぐらい来ても大丈夫ですよ。
▶ 家裡的餐廳很大，就算來了十位左右的客人也沒有問題。

た

0797
パーティーを始めるにあたって、皆を代表して乾杯の音頭をとった。
▶ 派對要開始時，我帶頭向大家乾杯。

0798
私はこのタイプのパソコンにします。
▶ 我要這種款式的電腦。

0799
だいぶ元気になりましたから、もう薬を飲まなくてもいいです。
▶ 已經好很多了，所以不吃藥也沒關係的。

0800
その歌の題名を知っていますか。
▶ 你知道那首歌的歌名嗎？

0801
大雪でダイヤが混乱した。
▶ 交通因大雪而陷入混亂。

0802
ダイヤモンドを買う。
▶ 買鑽石。

0803	たいよう 【太陽】	名 太陽 反 太陰（たいいん） 類 お日さま
0804	たいりょく 【体力】	名 體力
0805	ダウン 【down】	名·自他サ 下，倒下，向下，落下；下降，減退；（棒）出局；（拳擊）擊倒 反 アップ 類 下げる
0806	たえず 【絶えず】	副 不斷地，經常地，不停地，連續 類 いつも
0807	たおす 【倒す】	他五 倒，放倒，推倒，翻倒；推翻，打倒；毀壞，拆毀；打敗，擊敗；殺死，擊斃；賴帳，不還債 類 打倒する（だとうする）；転ばす（ころばす）
0808	タオル 【towel】	名 毛巾；毛巾布
0809	たがい 【互い】	名·形動 互相，彼此；雙方；彼此相同 類 双方（そうほう）
0810	たかまる 【高まる】	自五 高漲，提高，增長；興奮 反 低まる（ひくまる） 類 高くなる
0811	たかめる 【高める】	他下一 提高，抬高，加高 反 低める 類 高くする
0812	たく 【炊く】	他五 點火，燒著；燃燒；煮飯，燒菜 類 炊事（すいじ）
0813	だく 【抱く】	他五 抱；孵卵；心懷，懷抱 類 抱える（かかえる）

0803
太陽が高くなるにつれて、暑くなった。
▶ 隨著太陽升起，天氣變得更熱了。

0804
いつまで働くかは、私の体力いかんだ。
▶ 能工作到什麼時候，就看我的體力了。

0805
あのパンチにもう少しでダウンさせられるところだった。
▶ 差點就被對方以那拳擊倒在地了。

0806
絶えず勉強しないことには、新しい技術に追いつけない。
▶ 如不持續學習，就沒有辦法趕上最新技術。

0807
木を倒す。
▶ 砍倒樹木。

た

0808
タオルを洗う。
▶ 洗毛巾。

0809
けんかばかりしていても、互いに嫌っているわけでもない。
▶ 就算老是吵架，但也並不代表彼此互相討厭。

0810
首相の辞任を求める声が日に日に高まっている。
▶ 要求首相辭職下台的聲浪日漸高漲。

0811
発電所の安全性を高めるべきだ。
▶ 有必要加強發電廠的安全性。

0812
ご飯は炊いてあったっけ。
▶ 煮飯了嗎？

0813
赤ちゃんを抱いている人は誰ですか。
▶ 那位抱著小嬰兒的是誰？

0814 ☐	タクシーだい 【taxi代】	名 計程車費 類 タクシー料金
0815 ☐	タクシーりょうきん 【taxi料金】	名 計程車費 類 タクシー代
0816 ☐	たくはいびん 【宅配便】	名 宅急便
0817 ☐	たける 【炊ける】	自下一 燒成飯，做成飯
0818 ☐	たしか 【確か】	副 （過去的事不太記得）大概，也許 類 間違いなく
0819 ☐	たしかめる 【確かめる】	他下一 查明，確認，弄清 類 確認する（かくにんする）
0820 ☐	たしざん 【足し算】	名 加法，加算 反 引き算（ひきざん） 類 加法（かほう）
0821 ☐	たすかる 【助かる】	自五 得救，脫險；有幫助，輕鬆；節省（時間、費用、麻煩等）
0822 ☐	たすける 【助ける】	他下一 幫助，援助；救，救助；輔佐；救濟，資助 類 救助する（きゅうじょする）、手伝う（てつだう）
0823 ☐	ただ	名・副 免費，不要錢；普通，平凡；只有，只是（促音化為「たった」） 類 僅か（わずか）
0824 ☐	ただいま	名・副 現在；馬上；剛才；（招呼語）我回來了 類 現在；すぐ

0814
来月からタクシー代が上がります。
▶ 從下個月起，計程車的車資要漲價。

0815
来月からタクシー料金が値上げになるそうです。
▶ 據說從下個月開始，搭乘計程車的費用要漲價了。

0816
明日の朝、宅配便が届くはずです。
▶ 明天早上應該會收到宅配包裹。

0817
ご飯が炊けたので、夕食にしましょう。
▶ 飯已經煮熟了，我們來吃晚餐吧。

0818
このセーターは確か1000円でした。
▶ 這件毛衣大概是花一千日圓吧。

0819
彼に証明してもらって、事実を確かめることができました。
▶ 因為有他的證明，所以真相才能大白。

0820
ここは引き算ではなくて、足し算ですよ。
▶ 這時候不能用減法，要用加法喔。

0821
乗客は全員助かりました。
▶ 乘客全都得救了。

0822
おぼれかかった人を助ける。
▶ 救起了差點溺水的人。

0823
会員カードがあれば、ただで入場できます。
▶ 如果持有會員卡，就能夠免費入場。

0824
ただいまお茶をお出しいたします。
▶ 我馬上就端茶過來。

0825 □	たたく 【叩く】	他五 敲，叩；打；詢問，徵求；拍，鼓掌；攻 擊，駁斥；花完，用光 類 打つ（うつ）
0826 □	たたむ 【畳む】	他五 疊，折；關，闔上；關閉，結束；藏在心裡 類 折る（おる）
0827 □	たつ 【経つ】	自五 經，過；（炭火等）燒盡 類 過ぎる
0828 □	たつ 【建つ】	自五 蓋，建 類 建設する（けんせつする）
0829 □	たつ 【発つ】	自五 立，站；冒，升；離開；出發；奮起； 飛，飛走 類 出発する
0830 □	たてなが 【縦長】	名 矩形，長形
0831 □	たてる 【立てる】	他下一 立起；訂立
0832 □	たてる 【建てる】	他下一 建造，蓋 類 建築する（けんちくする）
0833 □	たな 【棚】	名 （放置東西的）隔板，架子，棚
0834 □	たのしみ 【楽しみ】	名 期待，快樂 反 苦しみ 類 趣味
0835 □	たのみ 【頼み】	名 懇求，請求，拜託；信賴，依靠 類 願い

0825
太鼓をたたく。
▶ 敲打大鼓。

0826
布団を畳む。
▶ 折棉被。

0827
あと20年たったら月に行けるようになるかもしれない。
▶ 或許再過二十年，我們就可以去月球了。

0828
新居が建つ。
▶ 蓋新屋。

0829
9時の列車で発つ。
▶ 坐九點的火車離開。

0830
縦長の封筒。
▶ 長方形的信封。

0831
自分で勉強の計画を立てることになっています。
▶ 要我自己訂定讀書計畫。

0832
こんな家を建てたいと思います。
▶ 我想蓋這樣的房子。

0833
棚に置く。
▶ 放在架子上。

0834
みんなに会えることを楽しみにしています。
▶ 我很期待與大家見面！

0835
父は、私の頼みを聞いてくれっこない。
▶ 父親是不可能聽我的要求的。

0836 ☐	たま 【球】	名 球
0837 ☐	だます 【騙す】	他五 騙，欺騙，誆騙，矇騙；哄 類 欺く（あざむく）
0838 ☐	たまる 【溜まる】	自五 事情積壓；積存，囤積，停滯 類 集まる
0839 ☐	だまる 【黙る】	自五 沉默，不說話；不理，不聞不問 反 喋る 類 沈黙する（ちんもくする）
0840 ☐	ためる 【溜める】	他下一 積，存，蓄；積壓，停滯 類 蓄える（たくわえる）
0841 ☐ T34	たん 【短】	名·漢造 短；不足，缺點
0842 ☐	だん 【団】	漢造 團，圓團；團體
0843 ☐	だん 【弾】	漢造 砲彈
0844 ☐	たんきだいがく 【短期大学】	名 （兩年或三年制的）短期大學
0845 ☐	ダンサー 【dancer】	名 舞者；舞女；舞蹈家 類 踊り子
0846 ☐	たんじょう 【誕生】	名·自サ 誕生，出生；成立，創立，創辦 類 出生

0836
球を打つ。
▶ 打球。

0837
人を騙して金をとる。
▶ 騙取他人錢財。

0838
最近、ストレスが溜まっている。
▶ 最近累積了不少壓力。

0839
正しい理論を言われたら、私は黙るほかない。
▶ 對你這義正辭嚴的一番話，我只能無言以對。

0840
記念切手を溜めています。
▶ 我在收集紀念郵票。

0841
飽きっぽいのが短所です。
▶ 容易厭倦是短處。

0842
記者団。
▶ 記者團。

0843
弾丸のように速い。
▶ 如彈丸一般地快。

0844
姉は短期大学で勉強しています。
▶ 姊姊在短期大學裡就讀。

0845
由香ちゃんはダンサーを目指しているそうです。
▶ 小由香似乎想要成為一位舞者。

0846
子どもが誕生したのを契機に、煙草をやめた。
▶ 趁孩子出生戒了煙。

0847 ☐	たんす	名 衣櫥，衣櫃，五斗櫃 類 押入れ
0848 ☐	たんだい 【短大】	名 短期大學
0849 ☐	だんたい 【団体】	名 團體，集體 類 集団
0850 ☐	チーズ 【cheese】	名 起司，乳酪
0851 ☐	チーム 【team】	名 組，團隊；（體育）隊 類 組（くみ）
0852 ☐	チェック 【check】	名·他サ 支票；號碼牌；格子花紋；核對，打勾 類 見比べる
0853 ☐	ちか 【地下】	名 地下；陰間；（政府或組織）地下，秘密（組織） 反 地上 類 地中
0854 ☐	ちがい 【違い】	名 不同，差別，區別；差錯，錯誤 反 同じ 類 歪み（ひずみ）
0855 ☐	ちかづく 【近づく】	自五 臨近，靠近；接近，交往；幾乎，近似 類 近寄る
0856 ☐	ちかづける 【近付ける】	他五 使…接近，使…靠近 類 寄せる
0857 ☐	ちかみち 【近道】	名 捷徑，近路 類 抜け道（ぬけみち） 反 回り道

ち

0847
服をたたんで、たんすにしまった。
▶ 折完衣服後收入衣櫃裡。

0848
姉は短大で看護を学んでいます。
▶ 家姉正在短期大學裡主修看護。

0849
レストランに団体で予約を入れた。
▶ 我用團體的名義預約了餐廳。

0850
チーズを買う。
▶ 買起司。

0851
チームに入るに際して、自己紹介をしてください。
▶ 在加入團隊時，請先自我介紹。

0852
メールをチェックします。
▶ 檢查郵件。

0853
ワインは、地下に貯蔵してあります。
▶ 葡萄酒儲藏在地下室。

0854
値段に違いがあるにしても、価値は同じです。
▶ 就算價錢有差，它們倆的價值還是一樣的。

0855
彼は、政界の大物に近づきたくてならないのだ。
▶ 他非常想接近政界的大人物。

0856
この薬品は、火を近づけると引火するので、注意してください。
▶ 這藥只要接近火就會燃起來，所以要小心。

0857
近道を知っていたら教えてほしい。
▶ 如果知道近路請告訴我。

0858 ☐	ちきゅう 【地球】	名 地球 類 世界
0859 ☐	ちく 【地区】	名 地區
0860 ☐	チケット 【ticket】	名 票，券；車票；入場券；機票 類 切符
0861 ☐	チケットだい 【ticket代】	名 票錢 類 切符代
0862 ☐	ちこく 【遅刻】	名・自サ 遲到，晚到 類 遅れる
0863 ☐	ちしき 【知識】	名 知識 類 学識
0864 ☐	ちぢめる 【縮める】	他下一 縮小，縮短，縮減；縮回，捲縮，起皺紋 類 圧縮（あっしゅく）
0865 ☐	チップ 【chip】	名 （削木所留下的）片削；洋芋片
0866 ☐	ちほう 【地方】	名 地方，地區；（相對首都與大城市而言的）地方，外地 反 都会 類 田舎
0867 ☐ T35	ちゃ 【茶】	名・漢造 茶；茶樹；茶葉；茶水
0868 ☐	チャイム 【chime】	名 組鐘；門鈴

0858
地球環境に貢献したい。
▶ 我想對地球環境有貢獻。

0859
東北地区で生産された。
▶ 產自東北地區。

0860
パリ行きのチケットを予約しました。
▶ 我已經預約了前往巴黎的機票。

0861
事前に予約しておくと、チケット代が10％引きになります。
▶ 如果採用預約的方式，票券就可以打九折。

0862
電話がかかってきたせいで、会社に遅刻した。
▶ 都是因為有人打電話來，所以上班遲到了。

0863
知識が増えるに伴って、いろいろなことが理解できるようになりました。
▶ 隨著知識的增長，能夠理解的事情也愈來愈多。

0864
この亀はいきなり首を縮めます。
▶ 這隻烏龜突然縮回脖子。

0865
ポテトチップを食べる。
▶ 吃洋芋片。

0866
私は東北地方の出身です。
▶ 我的籍貫是東北地區。

0867
茶をいれる。
▶ 泡茶。

0868
チャイムが鳴ったので玄関に行ったが、誰もいませんでした。
▶ 聽到門鈴響後，前往玄關察看，門口卻沒有任何人。

ち

0869 □	ちゃいろい 【茶色い】	形 茶色
0870 □	ちゃく 【着】	名・接尾・漢造 到達，抵達；（計算衣服的單位）套；（記數順序或到達順序）著，名；穿衣；黏貼；沉著；著手 類 着陸
0871 □	ちゅうがく 【中学】	名 中學，初中 類 高校
0872 □	ちゅうかなべ 【中華なべ】	名 中華鍋（炒菜用的中式淺底鍋） 類 なべ
0873 □	ちゅうこうねん 【中高年】	名 中年和老年，中老年
0874 □	ちゅうじゅん 【中旬】	名 （一個月中的）中旬 類 中頃
0875 □	ちゅうしん 【中心】	名 中心，當中；中心，重點，焦點；中心地，中心人物 反 隅 類 真ん中
0876 □	ちゅうねん 【中年】	名 中年 類 壮年
0877 □	ちゅうもく 【注目】	名・他サ・自サ 注目，注視 類 注意
0878 □	ちゅうもん 【注文】	名・他サ 點餐，訂貨，訂購；希望，要求，願望 類 頼む
0879 □	ちょう 【庁】	漢造 官署；行政機關的外局

0869
茶色い紙。
▶ 茶色紙張。

0870
二着で銀メダルを獲得した。
▶ 第二名獲得銀牌。

0871
中学になってから塾に通いはじめた。
▶ 上了國中就開始到補習班補習。

0872
中華なべはフライパンより重いです。
▶ 傳統的炒菜鍋比平底鍋還要重。

0873
あの女優は中高年に人気だそうです。
▶ 那位女演員似乎頗受中高年齡層觀眾的喜愛。

ち

0874
彼が帰ってくるのは6月の中旬にしても、7月までは忙しいだろう。
▶ 就算他回來是6月中旬，但也應該會忙到7月吧。

0875
Ａを中心とする円を描きなさい。
▶ 請以Ａ為中心畫一個圓圈。

0876
もう中年だから、あまり無理はできない。
▶ 已經是中年人了，不能太過勉強。

0877
とても才能のある人なので、注目せざるをえない。
▶ 他很有才能，因此無法不被注目。

0878
さんざん迷ったあげく、カレーライスを注文しました。
▶ 再三地猶豫之後，最後竟點了個咖哩飯。

0879
官庁に勤める。
▶ 在政府機關工作。

0880 □	ちょう 【兆】	名·漢造 徵兆；（數）兆
0881 □	ちょう 【町】	名·漢造 （市街區劃單位）街，巷；鎮，街
0882 □	ちょう 【長】	名·漢造 長，首領；長輩；長處
0883 □	ちょう 【帳】	漢造 帳幕；帳本
0884 □	ちょうかん 【朝刊】	名 早報
0885 □	ちょうさ 【調査】	名·他サ 調查 類 調べる
0886 □	ちょうし 【調子】	名 （音樂）調子，音調；語調，聲調，口氣；格調，風格；情況，狀況 類 具合
0887 □	ちょうじょ 【長女】	名 長女，大女兒
0888 □	ちょうせん 【挑戦】	名·自サ 挑戰 類 挑む
0889 □	ちょうなん 【長男】	名 長子，大兒子
0890 □	ちょうりし 【調理師】	名 烹調師，廚師

0880
日本の国家予算は 80 兆円だ。
▶ 日本的國家預算有 80 兆日圓。

0881
町長に選出された。
▶ 當上了鎮長。

0882
一家の長。
▶ 一家之主。

0883
銀行の預金通帳。
▶ 銀行存款簿。

0884
朝刊を読む。
▶ 讀早報。

ち

0885
人口の変動について、調査することになっている。
▶ 按規定要針對人口的變動進行調查。

0886
年のせいか、体の調子が悪い。
▶ 不知道是不是上了年紀的關係，身體健康亮起紅燈了。

0887
長女が生まれる。
▶ 長女出生。

0888
弁護士試験は、私にとっては大きな挑戦です。
▶ 對我而言，參加律師資格考試是項艱鉅的挑戰。

0889
長男が生まれる。
▶ 長男出生。

0890
彼は調理師の免許を持っています。
▶ 他具有廚師執照。

0891 ☐	チョーク 【chalk】	名 粉筆
0892 ☐	ちょきん 【貯金】	名·自他サ 存款，儲蓄 類 蓄える
0893 ☐	ちょくご 【直後】	名·副 （時間，距離）緊接著，剛…之後，…之後不久 反 直前
0894 ☐ T36	ちょくせつ 【直接】	名·副·自サ 直接 反 間接 類 直に
0895 ☐	ちょくぜん 【直前】	名 即將…之前，眼看就要…的時候；（時間，距離）之前，跟前，眼前 反 直後　類 寸前（すんぜん）
0896 ☐	ちらす 【散らす】	他五·接尾 把…分散開，驅散；吹散，灑散；散佈，傳播；消腫
0897 ☐	ちりょう 【治療】	名·他サ 治療，醫療，醫治
0898 ☐	ちりょうだい 【治療代】	名 治療費，診察費 類 医療費
0899 ☐	ちる 【散る】	自五 凋謝，散漫，落；離散，分散；遍佈；消腫；渙散 反 集まる　類 分散
0900 ☐	つい	副 （表時間與距離）相隔不遠，就在眼前；不知不覺，無意中；不由得，不禁 類 うっかり
0901 ☐	ついに 【遂に】	副 終於；竟然；直到最後 類 とうとう

0891
チョークで黒板に書く。
▶ 用粉筆在黑板上寫字。

0892
毎月決まった額を貯金する。
▶ 每個月都定額存錢。

0893
運動はできません。退院した直後だもの。
▶ 人家不能運動，因為才剛出院嘛！

0894
関係者が直接話し合ったことから、事件の真相がはっきりした。
▶ 經過相關人物面對面對盤後，案件得以真相大白。

0895
テストの直前にしても、全然休まないのは体に悪いと思います。
▶ 就算是考試前夕，我還是認為完全不休息對身體是不好的。

ち

0896
ご飯の上に、ごまやのりが散らしてあります。
▶ 白米飯上，灑著芝麻和海苔。

0897
検査結果いかんで、今後の治療方針が決まる。
▶ 根據檢查結果決定往後的治療方式。

0898
歯の治療代は非常に高いです。
▶ 治療牙齒的費用非常昂貴。

0899
桜が散って、このへんは花びらだらけです。
▶ 櫻花飄落，這一帶便落滿了花瓣。

0900
ついうっかりして傘を間違えてしまった。
▶ 不小心拿錯了傘。

0901
橋の建設はついに完成した。
▶ 造橋終於完成了。

0902 □	つう 【通】	(名・形動・接尾・漢造) 精通，內行，專家；通曉人情世故，通情達理；暢通；（助數詞）封，件，紙；穿過；往返；告知；貫徹始終 (類) 物知り
0903 □	つうきん 【通勤】	(名・自サ) 通勤，上下班 (類) 通う
0904 □	つうじる 【通じる】	(自上一・他上一) 通；通到，通往；通曉，精通；明白，理解；使…通；在整個期間內 (類) 通用する
0905 □	つうやく 【通訳】	(名・他サ) 口頭翻譯，口譯；翻譯者，譯員 (類) 通弁（つうべん）
0906 □	つかまる 【捕まる】	(自五) 抓住，被捉住，逮捕；抓緊，揪住 (類) 捕（ら）えられる
0907 □	つかむ 【掴む】	(他五) 抓，抓住，揪住，握住；掌握到，瞭解到 (類) 握る（にぎる）
0908 □	つかれ 【疲れ】	(名) 疲勞，疲乏，疲倦 (類) 疲労（ひろう）
0909 □	つき 【付き】	(接尾) （前接某些名詞）樣子；附屬
0910 □	つきあう 【付き合う】	(自五) 交際，往來；陪伴，奉陪，應酬 (類) 交際する（こうさいする）
0911 □	つきあたり 【突き当たり】	(名) （道路的）盡頭
0912 □	つぎつぎ 【次々】	(副) 一個接一個，接二連三地，絡繹不絕的，紛紛；按著順序，依次 (類) 続いて

0902
彼は日本通だ。
▶ 他是個日本通。

0903
会社まで、バスと電車で通勤するほかない。
▶ 上班只能搭公車和電車。

0904
日本では、英語が通じますか。
▶ 在日本英語能通嗎？

0905
あの人はしゃべるのが速いので、通訳しきれなかった。
▶ 因為那個人講很快，所以沒辦法全部翻譯出來。

0906
彼は、悪いことをたくさんしたあげく、とうとう警察に捕まった。
▶ 他做了許多壞事，最後終於被警察抓到了。

つ

0907
誰にも頼らないで、自分で成功をつかむほかない。
▶ 不依賴任何人，只能靠自己去掌握成功。

0908
マッサージをすればするほど、疲れが取れます。
▶ 按摩越久就越能解除疲勞。

0909
デザート付きの定食。
▶ 附甜點的套餐。

0910
隣近所と親しく付き合う。
▶ 敦親睦鄰。

0911
廊下の突き当たり。
▶ 走廊的盡頭。

0912
そんなに次々問題が起こるわけはない。
▶ 不可能會這麼接二連三地發生問題的。

0913 ☐	つぎつぎに 【次々に】	副 接二連三；絡繹不絕；相繼；按次序，依次 類 次から次へと
0914 ☐	つく 【付く】	自五 附著，沾上；長，添增；跟隨；隨從，聽隨；偏坦；設有；連接著 類 接着する（せっちゃくする）、くっつく
0915 ☐	つける 【点ける・附ける】	他下一 點燃；打開（家電類） 類 スイッチを入れる；点す（ともす）
0916 ☐	つける 【付ける・附ける・着ける】	他下一・接尾 掛上，裝上；穿上，配戴；寫上，記上；定（價），出（價）；抹上，塗上
0917 ☐	つたえる 【伝える】	他下一 傳達，轉告；傳導 類 知らせる
0918 ☐ T37	つづき 【続き】	名 接續，繼續；接續部分，下文；接連不斷
0919 ☐	つづく 【続く】	自五 續續，延續，連續；接連發生，接連不斷；隨後發生，接著；連著，通到，與…接連；接得上，夠用；後繼，跟上；次於，居次位　反 絶える（たえる）
0920 ☐	つづける 【続ける】	接尾 （接在動詞連用形後，複合語用法）繼續…，不斷地…
0921 ☐	つつむ 【包む】	他五 包裹，打包，包上；蒙蔽，遮蔽，籠罩；藏在心中，隱瞞；包圍 類 覆う（おおう）
0922 ☐	つながる 【繋がる】	自五 相連，連接，聯繫；（人）排隊，排列；有（血緣、親屬）關係，牽連 類 結び付く（むすびつく）
0923 ☐	つなぐ 【繋ぐ】	他五 拴結，繫；連起，接上；延續，維繫（生命等） 類 接続（せつぞく）、結び付ける（むすびつける）

0913
友人がつぎつぎに結婚していきます。
▶ 朋友們一個接著一個結婚了。

0914
飯粒が付く。
▶ 沾到飯粒。

0915
クーラーをつけるより、窓を開けるほうがいいでしょう。
▶ 與其開冷氣，不如打開窗戶來得好吧！

0916
値段をつける。
▶ 定價。

0917
私が忙しいということを、彼に伝えてください。
▶ 請轉告他我很忙。

0918
読めば読むほど、続きが読みたくなります。
▶ 越看下去，就越想繼續看下面的發展。

0919
晴天が続く。
▶ 持續著幾天的晴天。

0920
上手になるには、練習し続けるほかはない。
▶ 技巧要好，就只能不斷地練習。

0921
プレゼント用に包んでください。
▶ 請包裝成送禮用的。

0922
電話がようやく繋がった。
▶ 電話終於通了。

0923
テレビとビデオを繋いで録画した。
▶ 我將電視和錄影機接上來錄影。

つ

0924 ☐	つなげる 【繋げる】	他五 連接，維繫 類 繋ぐ（つなぐ）
0925 ☐	つぶす 【潰す】	他五 毀壞，弄碎；熔毀，熔化；消磨，消耗； 宰殺；堵死，填滿 類 壊す（こわす）
0926 ☐	つまさき 【爪先】	名 腳指甲尖端 反 かかと 類 指先（ゆびさき）
0927 ☐	つまり	名・副 阻塞，困窘；到頭，盡頭；總之，說到 底；也就是說，即… 類 すなわち、要するに（ようするに）
0928 ☐	つまる 【詰まる】	自五 擠滿，塞滿；堵塞，不通；窘困，窘迫； 縮短，緊小；停頓，擱淺 類 通じなくなる（つうじなくなる）；縮まる（ちぢまる）
0929 ☐	つむ 【積む】	自五・他五 累積，堆積；裝載；積蓄，積累 反 崩す（くずす） 類 重ねる（かさねる）、載せる（のせる）
0930 ☐	つめ 【爪】	名 （人的）指甲，腳指甲；（動物的）爪；指 尖；（用具的）鉤子 類 指甲（しこう）
0931 ☐	つめる 【詰める】	他下一・自下一 守候，值勤；不停的工作，緊張； 塞進，裝入；緊挨著，緊靠著 類 押し込む（おしこむ）
0932 ☐	つもり	名 打算；當作 類 意図（いと）
0933 ☐	つもる 【積もる】	自五・他五 積，堆積；累積；估計；計算；推測 類 重なる（かさなる）
0934 ☐	つゆ 【梅雨】	名 梅雨；梅雨季 類 梅雨（ばいう）

0924
インターネットは、世界の人々を繋げる。
▶ 網路將這世上的人接繫了起來。

0925
会社を潰さないように、一生懸命がんばっている。
▶ 為了不讓公司倒閉而拼命努力。

0926
つま先で立つことができますか。
▶ 你能夠只以腳尖站立嗎？

0927
彼は私の父の兄の息子、つまりいとこに当たります。
▶ 他是我爸爸的哥哥的兒子，也就是我的堂哥。

0928
食べ物がのどに詰まって、せきが出た。
▶ 因食物卡在喉嚨裡而咳嗽。

0929
荷物をトラックに積んだ。
▶ 我將貨物裝到卡車上。

0930
爪をきれいに見せたいなら、これを使ってください。
▶ 想讓指甲好看，就用這個吧。

0931
スーツケースに服や本を詰めた。
▶ 我將衣服和書塞進行李箱。

0932
父には、そう説明するつもりです。
▶ 打算跟父親那樣說明。

0933
雪が積もる。
▶ 積雪。

0934
梅雨が明けました。
▶ 梅雨季結束了。

つ

0935 ☐	つよまる 【強まる】	自五 強起來，加強，增強 類 強くなる
0936 ☐	つよめる 【強める】	他下一 加強，增強 類 強くする
0937 ☐	で	接續・助 那麼；（表示原因）所以
0938 ☐	であう 【出会う】	自五 遇見，碰見，偶遇；約會，幽會；（顏色等）協調，相稱 類 行き会う（いきあう）、出くわす（でくわす）
0939 ☐	てい 【低】	名・漢造 （位置）低；（價格等）低；變低
0940 ☐	ていあん 【提案】	名・他サ 提案，建議 類 発案（はつあん）
0941 ☐	ティーシャツ 【T-shirt】	名 圓領衫，T恤
0942 ☐	DVDデッキ 【DVD tape deck】	名 DVD播放機 類 ビデオデッキ
0943 ☐	DVDドライブ 【DVD drive】	名 （電腦用的）DVD機
0944 ☐ T38	ていき 【定期】	名 定期，一定的期限
0945 ☐	ていきけん 【定期券】	名 定期車票；月票 類 定期乗車券（ていきじょうしゃけん）

0935
台風が近づくにつれ、徐々に雨足が強まってきた。
▶ 隨著颱風的暴風範圍逼近，雨勢亦逐漸增強。

0936
秩序がこれほど乱れれば、規制を強めずにはすまないだろう。
▶ 秩序混亂到這種地步，看來得要加強限制了。

0937
台風で学校が休みだ。
▶ 因為颱風所以學校放假。

0938
二人は、最初どこで出会ったのですか。
▶ 兩人最初是在哪裡相遇的？

0939
低温で殺菌する。
▶ 低溫殺菌。

つ

0940
この計画を、会議で提案しようじゃないか。
▶ 就在會議中提出這企畫吧！

0941
休みの日はだいたいTシャツを着ています。
▶ 我在假日多半穿著T恤。

0942
DVDデッキが壊れてしまいました。
▶ DVD播映機已經壞了。

0943
このDVDドライブは取り外すことができます。
▶ 這台DVD磁碟機可以拆下來。

0944
定期点検を行う。
▶ 舉行定期檢查。

0945
電車の定期券を買いました。
▶ 我買了電車的月票。

0946 ☐	ディスプレイ 【display】	㊂ 陳列，展覽，顯示；（電腦的）顯示器 ㊟ 陳列（ちんれつ）
0947 ☐	ていでん 【停電】	㊂·自サ 停電，停止供電
0948 ☐	ていりゅうじょ 【停留所】	㊂ 公車站；電車站
0949 ☐	データ 【data】	㊂ 論據，論證的事實；材料，資料；數據 ㊟ 資料（しりょう）、情報（じょうほう）
0950 ☐	デート 【date】	㊂·自サ 日期，年月日；約會，幽會
0951 ☐	テープ 【tape】	㊂ 窄帶，線帶，布帶；卷尺；錄音帶
0952 ☐	テーマ 【theme】	㊂ （作品的）中心思想，主題；（論文、演說的）題目，課題 ㊟ 主題（しゅだい）
0953 ☐	てき 【的】	接尾·形動 （前接名詞）關於，對於；表示狀態或性質
0954 ☐	できごと 【出来事】	㊂ （偶發的）事件，變故 ㊟ 事故（じこ）、事件（じけん）
0955 ☐	てきとう 【適当】	㊂·形動·自サ 適當；適度；隨便 ㊟ 相応（そうおう）；いい加減（いいかげん）
0956 ☐	できる	自上一 完成；能夠 ㊟ でき上がる（できあがる）

0946
使わなくなったディスプレイはリサイクルに出します。
▶ 不再使用的顯示器要送去回收。

0947
停電というと、ろうそくの火を思い出す。
▶ 一說到停電，就會想到燭光。

0948
バスの停留所で待つ。
▶ 在公車站等車。

0949
景気の回復は様々な分析やデータを見るまでもなく、日常生活で実感できる。
▶ 即使不看有關景氣復甦之各項分析與數據，從日常生活當中就可以深切體會到。

0950
私とデートする。
▶ 跟我約會。

0951
テープに録音する。
▶ 在錄音帶上錄音。

0952
論文のテーマについて、説明してください。
▶ 請說明一下這篇論文的主題。

0953
悲劇的な生涯。
▶ 悲劇的一生。

0954
その日は大した出来事もなかった。
▶ 那天也沒發生什麼大事故。

0955
適当にやっておくから、大丈夫。
▶ 我會妥當處理的，沒關係！

0956
1週間でできるはずだ。
▶ 一星期應該就可以完成的。

0957 ☐	てくび 【手首】	⑧ 手腕 ⑲ 腕首（うでくび）
0958 ☐	デザート 【dessert】	⑧ 西餐餐後點心
0959 ☐	デザイナー 【designer】	⑧ （服裝、建築等）設計師，圖案家
0960 ☐	デザイン 【design】	⑧·自他サ 設計（圖）；（製作）圖案 ⑲ 設計（せっけい）
0961 ☐	デジカメ 【digital camera】	⑧ 數位相機 ⑲ デジタルカメラ
0962 ☐	デジタル 【digital】	⑧ 數位的，數字的，計量的 ⑰ アナログ
0963 ☐	てすうりょう 【手数料】	⑧ 手續費；回扣 ⑲ コミッション
0964 ☐	てちょう 【手帳】	⑧ 筆記本，雜記本 ⑲ ノート
0965 ☐	てっこう 【鉄鋼】	⑧ 鋼鐵
0966 ☐	てってい 【徹底】	⑧·自サ 徹底；傳遍，普遍，落實
0967 ☐	てつや 【徹夜】	⑧·自サ 通宵，熬夜 ⑲ 夜通し（よどおし）

0957
手首を怪我した以上、試合には出られません。
▶ 既然我的手腕受傷，就沒辦法出場比賽。

0958
お腹いっぱいでも、デザートはいただきます。
▶ 就算肚子已經很撐了，我還是要吃甜點喔！

0959
わが社ではアシスタントデザイナーを募集しています。
▶ 本公司正在招募助理設計師。

0960
デザインのすばらしさと独創性に賞賛を禁じえない。
▶ 這項設計的無懈可擊與獨創風格贏得多方讚譽。

0961
小型のデジカメを買いたいです。
▶ 我想要買一台小型數位相機。

0962
最新のデジタル製品にはついていけません。
▶ 我實在不會使用最新的數位電子產品。

0963
ネット銀行から振り込むと、手数料はかかりませんよ。
▶ 假如從網路銀行匯款，就不需要付手續費喔。

0964
母子手帳。
▶ 母子健康手冊。

0965
鉄鋼業が盛んだ。
▶ 鋼鐵業興盛。

0966
命令を徹底する。
▶ 落實命令。

0967
仕事を引き受けた以上、徹夜をしても完成します。
▶ 既然接下了工作，就算熬夜也要將它完成。

0968 □	てのこう 【手の甲】	⑧ 手背 ㊅ 掌（てのひら）
0969 T39 □	てのひら 【手の平・掌】	⑧ 手掌 ㊅ 手の甲（てのこう）
0970 □	テレビばんぐみ 【television番組】	⑧ 電視節目
0971 □	てん 【点】	⑧ 點；方面；（得）分 ㊞ ポイント
0972 □	でんきスタンド 【電気stand】	⑧ 檯燈
0973 □	でんきだい 【電気代】	⑧ 電費 ㊞ 電気料金（でんきりょうきん）
0974 □	でんきゅう 【電球】	⑧ 電燈泡
0975 □	でんきりょうきん 【電気料金】	⑧ 電費 ㊞ 電気代（でんきだい）
0976 □	でんごん 【伝言】	⑧・自他サ 傳話，口信；帶口信 ㊞ お知らせ（おしらせ）
0977 □	でんしゃだい 【電車代】	⑧ （坐）電車費用 ㊞ 電車賃（でんしゃちん）
0978 □	でんしゃちん 【電車賃】	⑧ （坐）電車費用 ㊞ 電車代（でんしゃだい）

0968
蚊に手の甲をかまれました。
▶ 我的手背被蚊子叮了。

0969
赤ちゃんの手の平はもみじのように小さくかわいい。
▶ 小嬰兒的手掌如同楓葉般小巧可愛。

0970
兄はテレビ番組を制作する会社に勤めています。
▶ 家兄在電視節目製作公司上班。

0971
その点について、説明してあげよう。
▶ 關於那一點，我來為你說明吧！

0972
本を読むときは電気スタンドを点けなさい。
▶ 你在看書時要把檯燈打開。

て

0973
冷房をつけると、電気代が高くなります。
▶ 開了冷氣，電費就會增加。

0974
電球が切れてしまった。
▶ 電燈泡壞了。

0975
電気料金は年々値上がりしています。
▶ 電費年年上漲。

0976
何か伝言があれば私から部長にお伝えいたします。
▶ 如果需要留言，可由我代為向經理轉達。

0977
通勤にかかる電車代は会社が払ってくれます。
▶ 上下班的電車費是由公司支付的。

0978
ここから東京駅までの電車賃は250円です。
▶ 從這裡搭到東京車站的電車費是二百五十日圓。

0979	てんじょう 【天井】	名 天花板
0980	でんしレンジ 【電子range】	名 電子微波爐
0981	てんすう 【点数】	名 （評分的）分數
0982	でんたく 【電卓】	名 電子計算機
0983	でんち 【電池】	名 （理）電池 類 バッテリー
0984	テント 【tent】	名 帳篷
0985	でんわだい 【電話代】	名 電話費
0986	ど 【度】	名・漢造 尺度；程度；溫度；次數，回數；規 則，規定；氣量，氣度 類 程度（ていど）；回数（かいすう）
0987	とう 【等】	接尾 等等；（助數詞用法，計算階級或順位的 單位）等（級） 類 など
0988	とう 【頭】	接尾 （牛、馬等）頭
0989	どう 【同】	名 同樣，同等；（和上面的）相同

と

0979
天井の高いホール。
▶ 天花板很高的大廳。

0980
肉まんは電子レンジで温めて食べたほうがいいですよ。
▶ 肉包子最好先用微波爐熱過以後再吃喔。

0981
点数を計算する。
▶ 計算點數。

0982
電卓で計算する。
▶ 用計算機計算。

0983
太陽電池時計は、電池交換は必要ですか。
▶ 使用太陽能電池的時鐘，需要更換電池嗎？

0984
テントを張る。
▶ 搭帳篷。

0985
国際電話をかけたので、今月の電話代はいつもの倍でした。
▶ 由於我打了國際電話，這個月的電話費變成了往常的兩倍。

0986
明日の気温は、今日より５度ぐらい高いでしょう。
▶ 明天的天氣大概會比今天高個五度。

0987
イギリス、フランス、ドイツ等のEU諸国はここです。
▶ 英、法、德等歐盟各國的位置在這裡。

0988
牛一頭。
▶ 一隻牛。

0989
同社。
▶ 該公司。

て

0990 □	とうさん【倒産】	名・自サ 破產，倒閉 類 破產（はさん）、潰れる（つぶれる）
0991 □	どうしても	副 （後接否定）怎麼也，無論怎樣也；務必，一定，無論如何也要 類 絶対に（ぜったいに）、ぜひとも
0992 □	どうじに【同時に】	連語 同時，一次；馬上，立刻 類 一度に（いちどに）
0993 □	とうぜん【当然】	形動・副 當然，理所當然
0994 □	どうちょう【道庁】	名 「北海道庁」的略稱，北海道的地方政府 類 北海道庁（ほっかいどうちょう）
0995 □	とうよう【東洋】	名 （地）亞洲；東洋，東方（亞洲東部和東南部的總稱） 反 西洋（せいよう）
0996 □	どうろ【道路】	名 道路 類 道（みち）
0997 □	とおす【通す】	他五・接尾 穿通，貫穿；滲透，透過；連續，貫徹；（把客人）讓到裡邊；一直，連續，…到底 類 突き抜けさせる（つきぬけさせる）；導く（みちびく）
0998 □	トースター【toaster】	名 烤麵包機
0999 □	とおり【通り】	名 種類；套，組
1000 □	とおり【通り】	名 大街，馬路；通行，流通

T40

0990
合併か倒産かは、社長の判断いかんだ。
▶ 公司將與其他公司合併，或是宣布倒閉，完全存乎社長的決斷。

0991
どうしても行きたいです。
▶ 無論如何我都要去。

0992
ドアを開けると同時に、電話が鳴りました。
▶ 就在我開門的同一時刻，電話響了。

0993
スキャンダルだらけですから、与党の支持率が低下するのも当然です。
▶ 執政黨的醜聞層出不窮，支持率會下滑也是理所當然的。

0994
道庁は札幌市にあります。
▶ 北海道道廳（地方政府）位於札幌市。

0995
東洋文化には、西洋文化とは違う良さがある。
▶ 東洋文化有著和西洋文化不一樣的優點。

0996
お盆や年末年始は、高速道路が混んで当たり前になっています。
▶ 盂蘭盆節（相當於中元節）和年末年初時，高速公路壅塞是家常便飯的事。

0997
彼は、自分の意見を最後まで通す人だ。
▶ 他是個貫徹自己的主張的人。

0998
トースターで焼き芋を温めました。
▶ 以烤箱加熱了烤蕃薯。

0999
やり方は三通りある。
▶ 作法有三種方法。

1000
広い通りに出る。
▶ 走到大馬路。

と

1001	とおりこす【通り越す】	自五 通過，越過
1002	とおる【通る】	自五 經過；穿過；合格 類 通行（つうこう）
1003	とかす【溶かす】	他五 溶解，化開，溶入
1004	どきどき	副・自サ （心臓）撲通撲通地跳，七上八下
1005	ドキュメンタリー【documentary】	名 紀錄，紀實；紀錄片
1006	とく【特】	漢造 特，特別，與眾不同
1007	とく【得】	名・形動 利益；便宜
1008	とく【溶く】	他五 溶解，化開，溶入 類 溶かす（とかす）
1009	とく【解く】	他五 解開；拆開（衣服）；消除，解除（禁令、條約等）；解答 反 結ぶ（むすぶ）　類 解く（ほどく）
1010	とくい【得意】	名・形動 （店家的）主顧；得意，滿意；自滿，得意洋洋；拿手 反 失意（しつい）　類 有頂天（うちょうてん）
1011	どくしょ【読書】	名・自サ 讀書 類 閲読（えつどく）

1001
バス停を通り越す。
▶ 錯過了下車的公車站牌。

1002
私は、あなたの家の前を通ることがあります。
▶ 我有時會經過你家前面。

1003
薬を水に完全に溶かしてからでないと、飲んではいけません。
▶ 如果藥沒有完全溶解於開水中，就不能飲用。

1004
心臓がどきどきする。
▶ 心臟撲通撲通地跳。

1005
この監督はドキュメンタリー映画を何本も制作しています。
▶ 這位導演已經製作了非常多部紀錄片。

と

1006
特異体質。
▶ 特殊體質。

1007
まとめて買うと得だ。
▶ 一次買更划算。

1008
この薬は、お湯に溶いて飲んでください。
▶ 這服藥請用熱開水沖泡開後再服用。

1009
緊張して、問題を解くどころではなかった。
▶ 緊張得要命，哪裡還能答題啊！

1010
人付き合いが得意です。
▶ 我善於跟人交際。

1011
読書が好きだからといって、一日中読んでいたら体に悪いよ。
▶ 即使說是喜歡閱讀，但整天看書對身體是不好的呀！

1012	どくしん 【独身】	名 單身
1013	とくちょう 【特徴】	名 特徴，特點 類 特色（とくしょく）
1014	とくべつきゅうこう 【特別急行】	名 特別快車，特快車 類 特急（とっきゅう）
1015	とける 【溶ける】	自下一 溶解，融化 類 溶解（ようかい）
1016	とける 【解ける】	自下一 解開，鬆開（綁著的東西）；消，解消 （怒氣等）；解除（職責、契約等）；解開 （疑問等） 類 解ける（ほどける）
1017	どこか	連語 哪裡是，豈止，非但
1018	ところどころ 【所々】	名 處處，各處，到處都是 類 あちこち
1019	とし 【都市】	名 都市，城市 反 田舎（いなか） 類 都会（とかい）
1020	としうえ 【年上】	名 年長，年歲大（的人） 反 年下（としした） 類 目上（めうえ）
1021	としょ 【図書】	名 圖書
1022	とじょう 【途上】	名 （文）路上；中途

T41

1012
独身の生活。
▶ 單身生活。

1013
彼女は、特徴のある髪型をしている。
▶ 她留著一個很有特色的髮型。

1014
「特急」は特別急行の略称ですよ。
▶ 「特急」是特快車的簡稱唷。

1015
この物質は、水に溶けません。
▶ 這個物質不溶於水。

1016
靴ひもが解ける。
▶ 鞋帶鬆開。

1017
どこか暖かい国へ行きたい。
▶ 想去暖活的國家。

1018
所々に間違いがあるにしても、だいたいよく書けています。
▶ 雖說有些地方錯了，但是整體上寫得不錯。

1019
今後の都市政策のあり方について説明いたします。
▶ 對於往後的都市政策，請讓我來說明。

1020
落ち着いているので、年上かと思いました。
▶ 由於他的個性穩重，還以為年紀比我大。

1021
図書館で勉強する。
▶ 在圖書館唸書。

1022
通学の途上、祖母に会った。
▶ 去學校的途中遇到奶奶。

1023 □	としより 【年寄り】	名 老人；（史）重臣，家老；（史）村長；（史）女管家；（相撲）退休的力士，顧問 反 若者（わかもの） 類 老人（ろうじん）
1024 □	とじる 【閉じる】	（自他上一）閉，關閉；結束 類 閉める（しめる）
1025 □	とちょう 【都庁】	名 東京都政府（「東京都庁」之略）
1026 □	とっきゅう 【特急】	名 火速；特急列車（「特別急行」之略） 類 大急ぎ（おおいそぎ）
1027 □	とつぜん 【突然】	副 突然
1028 □	トップ 【top】	名 尖端；（接力賽）第一棒；領頭，率先；第一位，首位，首席 類 一番（いちばん）
1029 □	とどく 【届く】	自五 及，達到；（送東西）到達；周到；達到（希望） 類 着く（つく）
1030 □	とどける 【届ける】	他下一 送達；送交；報告
1031 □	どの 【殿】	接尾 （前接姓名等）表示尊重
1032 □	とばす 【飛ばす】	他五·接尾 使…飛，使飛起；（風等）吹起，吹跑；飛濺，濺起 類 飛散させる
1033 □	とぶ 【跳ぶ】	自五 跳，跳起；跳過（順序、號碼等）

1023
年寄りは黙って楽しく暮らしていこう。
▶ 老人家就睜一隻眼閉一隻眼，快樂地過生活吧！

1024
ドアが自動的に閉じた。
▶ 門自動關上了。

1025
都庁は何階建てですか
▶ 請問東京都政府是幾層樓建築呢？

1026
特急で行こうと思う。
▶ 我想搭特急列車前往。

1027
突然怒り出す。
▶ 突然生氣。

と

1028
成績がトップになれるものなら、なってみろよ。
▶ 要是你能考第一名，你就考給我看看啊！

1029
お手紙が昨日届きました。
▶ 信昨天收到了。

1030
忘れ物を届ける。
▶ 燈號改變。

1031
校長殿。
▶ 校長先生。

1032
バイクをそんなに飛ばしたら危ないよ。
▶ 摩托車飆那麼快是很危險的！

1033
飛箱を跳ぶ。
▶ 跳過跳箱。

1034 ☐	ドライブ 【drive】	名·自サ 開車遊玩；兜風
1035 ☐	ドライヤー 【dryer・drier】	名 乾燥機，吹風機
1036 ☐	トラック 【track】	名（操場、運動場、賽馬場的）跑道
1037 ☐	ドラマ 【drama】	名 劇；戲劇；劇本；戲劇文學；（轉）戲劇性 的事件 類 芝居（しばい）
1038 ☐	トランプ 【trump】	名 撲克牌
1039 ☐	どりょく 【努力】	名·自サ 努力 類 頑張る（がんばる）
1040 ☐	トレーニング 【training】	名·他サ 訓練，練習 類 練習（れんしゅう）
1041 ☐	ドレッシング 【dressing】	名 服裝，裝飾；調味料，醬汁 類 ソース、調味料（ちょうみりょう）
1042 ☐	トン 【ton】	名（重量單位）噸，公噸，一千公斤
1043 ☐	どんなに	副 怎樣，多麼，如何；無論如何…也 類 どれほど
1044 ☐	どんぶり 【丼】	名 大碗公；大碗蓋飯 類 茶碗（ちゃわん）

1034
ドライブに出かける。
▶ 開車出去兜風。

1035
すみません、ドライヤーを貸してください。
▶ 不好意思，麻煩借用吹風機。

1036
競技用トラック。
▶ 比賽用的跑道。

1037
今は、時代劇と言わずに、「大河ドラマ」と言うようになったのです。
▶ 現在不叫古裝劇，改叫「大河劇」了。

1038
トランプを切る。
▶ 洗牌。

と

1039
努力が実った。
▶ 努力而取得成果。

1040
試合に出ると言ってしまった上は、がんばってトレーニングをしなければなりません。
▶ 既然說要參加比賽，就得加把勁練習才行。

1041
さっぱりしたドレッシングを探しています。
▶ 我正在找口感清爽的調味醬汁。

1042
一万トンの船。
▶ 一萬噸的船隻。

1043
どんなにがんばっても、うまくいかないときがあるものだ。
▶ 就是有些時候不管你再怎麼努力，事情還是不能順利發展。

1044
どんぶりにご飯を盛った。
▶ 我盛飯到大碗公裡。

	1045 ☐	ない 【内】	漢造 內，裡頭；家裡；內部
な	1046 ☐	ないよう 【内容】	名 內容 類 中身（なかみ）
	1047 ☐ T42	なおす 【直す】	接尾 （前接動詞連用形）重做…
	1048 ☐	なおす 【直す】	他五 修理；改正；治療 類 改める（あらためる）
	1049 ☐	なおす 【治す】	他五 醫治，治療 類 治療（ちりょう）
	1050 ☐	なか 【仲】	名 交情；（人和人之間的）聯繫
	1051 ☐	ながす 【流す】	他五 使流動，沖走；使漂走；流（出）；放逐； 使流產；傳播；洗掉（汙垢）；不放在心上 類 流出（りゅうしゅつ）、流れるようにする
	1052 ☐	なかみ 【中身】	名 裝在容器裡的內容物，內容；刀身 類 内容（ないよう）
	1053 ☐	なかゆび 【中指】	名 中指 類 中指（ちゅうし）
	1054 ☐	ながれる 【流れる】	自下一 流動；漂流；飄動；傳布；流逝；流浪； （壞的）傾向；流產；作罷；偏離目標；瀰漫； 降落 類 流動する（りゅうどうする）
	1055 ☐	なくなる 【亡くなる】	自五 去世，死亡 類 死ぬ（しぬ）

1045
校内で走るな。
▶ 校內嚴禁奔跑。

1046
この本の内容は、子どもっぽすぎる。
▶ 那本書的內容，感覺實在是太幼稚了。

1047
私は英語をやり直したい。
▶ 我想從頭學英語。

1048
自転車を直してやるから、持ってきなさい。
▶ 我幫你修理腳踏車，去把它騎過來。

1049
早く病気を治して働きたい。
▶ 我真希望早日把病治好，快點去工作。

1050
あの二人、仲がいいですね。
▶ 他們兩人感情可真好啊！

1051
トイレの水を流す。
▶ 沖掉廁所的水。

1052
何を食べるかは、財布の中身しだいです。
▶ 要吃什麼，就要看錢包所剩而定。

1053
中指に怪我をしてしまった。
▶ 我的中指受了傷。

1054
川が市中を流れる。
▶ 河川流經市內。

1055
おじいちゃんが亡くなって、みんな悲しがっている。
▶ 爺爺過世了，大家都很哀傷。

な

1056 ☐	なぐる 【殴る】	他五 毆打，揍；草草了事 類 打つ（うつ）
1057 ☐	なぜなら（ば） 【何故なら（ば）】	接續 因為，原因是
1058 ☐	なっとく 【納得】	名・他サ 理解，領會；同意，信服 類 理解（りかい）
1059 ☐	ななめ 【斜め】	名・形動 斜，傾斜；不一般，不同往常 類 傾斜（けいしゃ）
1060 ☐	なにか 【何か】	連語・副 什麼；總覺得
1061 ☐	なべ 【鍋】	名 鍋子；火鍋
1062 ☐	なま 【生】	名・形動 （食物沒有煮過、烤過）生的；直接的，不加修飾的；不熟練，不到火候 類 未熟（みじゅく）
1063 ☐	なみだ 【涙】	名 涙，眼涙；哭泣；同情
1064 ☐	なやむ 【悩む】	自五 煩惱，苦惱，憂愁；感到痛苦 類 苦悩（くのう）、困る（こまる）
1065 ☐	ならす 【鳴らす】	他五 鳴，啼，叫；（使）出名；嘮叨；放響屁
1066 ☐	なる 【鳴る】	自五 響，叫；聞名 類 音が出る（おとがでる）

1056
彼が人を殴るわけはない。
▶ 他不可能會打人的。

1057
もういや、なぜなら彼はひどい。
▶ 我投降了，因為他太惡劣了。

1058
納得したからは、全面的に協力します。
▶ 既然我同意了，就會全面協助你。

1059
絵が斜めになっていたので直した。
▶ 因為畫歪了，所以將它調正。

1060
何か飲みたい。
▶ 想喝點什麼。

な

1061
鍋で炒める。
▶ 用鍋炒。

1062
この肉、生っぽいから、もう一度焼いて。
▶ 這塊肉看起來還有點生，幫我再烤一次吧。

1063
涙があふれる。
▶ 涙如泉湧。

1064
あんなひどい女のことで、悩むことはないですよ。
▶ 用不著為了那種壞女人煩惱啊！

1065
鐘を鳴らす。
▶ 敲鐘。

1066
ベルが鳴りはじめたら、書くのをやめてください。
▶ 鈴聲一響起，就請停筆。

に

1067	ナンバー 【number】	名 數字，號碼；（汽車等的）牌照
1068	にあう 【似合う】	自五 合適，相稱，調和 類 相応しい（ふさわしい）、釣り合う（つりあう）
1069	にえる 【煮える】	自下一 煮熟，煮爛；水燒開；固體融化（成泥狀）；發怒，非常氣憤 類 沸騰する（ふっとうする）
1070	にがて 【苦手】	名・形動 棘手的人或事；不擅長的事物 類 不得意（ふとくい）
1071	にぎる 【握る】	他五 握，抓；握飯團或壽司；掌握，抓住；（圍棋中決定誰先下）抓棋子 類 掴む（つかむ）
1072	にくらしい 【憎らしい】	形 可憎的，討厭的，令人憎恨的 反 可愛らしい（かわいらしい） 類 嫌らしい（いやらしい）
1073	にせ 【偽】	名 假，假冒；贗品 類 偽物（にせもの）
1074 T43	にせる 【似せる】	他下一 模仿，仿效；偽造 類 まねる
1075	にゅうこくかんりきょく 【入国管理局】	名 入國管理局
1076	にゅうじょうりょう 【入場料】	名 入場費，進場費
1077	にる 【煮る】	自五 煮，燉，熬

1067
自動車のナンバー。
▶ 汽車牌照。

1068
似合いさえすれば、どんな服でもいいです。
▶ 只要適合，哪種衣服都好。

1069
もう芋は煮えましたか。
▶ 芋頭已經煮熟了嗎？

1070
あいつはどうも苦手だ。
▶ 我對那傢伙實在是很感冒。

1071
車のハンドルを握る。
▶ 握住車子的駕駛盤。

1072
あの男が、憎らしくてたまりません。
▶ 那男人真是可恨得不得了。

1073
レジから偽の１万円札が５枚見つかりました。
▶ 收銀機裡發現了五張萬圓偽鈔。

1074
本物に似せて作ってありますが、色が少し違います。
▶ 雖然做得與真物非常相似，但是顏色有些微不同。

1075
入国管理局にビザを申請しました。
▶ 我在入國管理局申請了簽證。

1076
動物園の入場料はそんなに高くないですよ。
▶ 動物園的門票並沒有很貴呀。

1077
醤油を入れて、もう少し煮ましょう。
▶ 加醬油再煮一下吧！

1078 ☐	にんき 【人気】	㊂ 人緣，人望
ぬ 1079 ☐	ぬう 【縫う】	㊖ 縫，縫補；刺繡；穿過，穿行；（醫）縫合（傷口） ㊞ 裁縫（さいほう）
1080 ☐	ぬく 【抜く】	㊖㊙ 抽出，拔去；選出，摘引；消除，排除；省去，減少；超越
1081 ☐	ぬける 【抜ける】	㊘ 脱落，掉落；遺漏；脱；離，離開，消失，散掉；溜走，逃脱 ㊞ 落ちる（おちる）
1082 ☐	ぬらす 【濡らす】	㊖ 浸濕，淋濕，沾濕 ㊝ 乾かす（かわかす） ㊞ 濡れる
1083 ☐	ぬるい 【温い】	㊗ 微溫，不冷不熱，不夠熱 ㊞ 温かい（あたたかい）
ね 1084 ☐	ねあがり 【値上がり】	㊑ 價格上漲，漲價 ㊝ 値下がり（ねさがり） ㊞ 高くなる
1085 ☐	ネックレス 【necklace】	㊂ 項鍊
1086 ☐	ねっちゅう 【熱中】	㊑ 熱中，專心；酷愛，著迷於 ㊞ 夢中になる（むちゅうになる）
1087 ☐	ねむる 【眠る】	㊘ 睡覺；埋藏 ㊝ 目覚める（めざめる） ㊞ 睡眠（すいみん）
1088 ☐	ねらい 【狙い】	㊂ 目標，目的；瞄準，對準 ㊞ 目当て（めあて）

1078
あのタレントは人気がある。
▶ 那位藝人很受歡迎。

1079
母親は、子どものために思いをこめて服を縫った。
▶ 母親滿懷愛心地為孩子縫衣服。

1080
浮き袋から空気を抜いた。
▶ 我放掉救生圈裡的氣了。

1081
スランプを抜けたら、明るい将来が見えた。
▶ 低潮一過，就可以看到光明的未來。

1082
この機械は、濡らすと壊れるおそれがある。
▶ 這機器一碰水，就有可能故障。

に

1083
風呂が温い。
▶ 洗澡水不夠熱。

1084
近頃、土地の値上がりが激しくなった。
▶ 最近地價猛漲。

1085
ネックレスをつける。
▶ 戴上項錬。

1086
子どもは、ゲームに熱中しがちです。
▶ 小孩子容易沈迷於電玩。

1087
薬を使って、眠らせた。
▶ 用藥讓他入睡。

1088
学生に勉強させるのが、この課題の狙いにほかなりません。
▶ 讓學生們上到一課，無非是這道題目的目的。

1089 ☐	ねんし 【年始】	名 年初；賀年，拜年 反 年末（ねんまつ） 類 年初（ねんしょ）
1090 ☐	ねんせい 【年生】	接尾 …年級生
1091 ☐	ねんまつねんし 【年末年始】	名 年底與新年
1092 ☐	のうか 【農家】	名 農民，農戶；農民的家
1093 ☐	のうぎょう 【農業】	名 農耕；農業
1094 ☐	のうど 【濃度】	名 濃度
1095 ☐	のうりょく 【能力】	名 能力；（法）行為能力 類 腕前（うでまえ）
1096 ☐	のこぎり 【鋸】	名 鋸子
1097 ☐	のこす 【残す】	他五 留下，剩下；存留；遺留；（相撲頂住對方的進攻）開腳站穩 類 余す（あます）
1098 ☐	のせる 【乗せる】	他下一 放在高處，放到…；裝載；使搭乘；使參加；騙人，誘拐；記載，刊登；合著音樂的拍子或節奏
1099 ☐	のせる 【載せる】	他下一 放在…上，放在高處；裝載，裝運；納入，使參加；欺騙；刊登，刊載 類 積む（つむ）、上に置く

1089
年末年始は、新幹線も飛行機もほとんど満席です。
▶ 歳暮年初時節，不論是新幹線或是飛機都幾乎班班客滿。

1090
3年生に編入された。
▶ 被分到三年級。

1091
年末年始に旅行する。
▶ 在年底到新年去旅行。

1092
農家で育つ。
▶ 生長在農家。

1093
機械化された農業。
▶ 機械化農業。

ね

1094
放射能濃度が高い。
▶ 輻射線濃度高。

1095
能力とは、試験を通じて測られるものだけではない。
▶ 能力這東西，並不是只有透過考試才能被檢驗出來。

1096
のこぎりで板を引く。
▶ 用鋸子鋸木板。

1097
メモを残して帰る。
▶ 留下紙條後就回去了。

1098
子どもを電車に乗せる。
▶ 送孩子上電車。

1099
事件に関する記事を載せたところ、たいへんな反響がありました。
▶ 刊登了案件的相關報導，結果得到熱烈的回應。

1100 □ T44	のぞむ【望む】	他五 遠望，眺望；指望，希望；仰慕，景仰 類 求める（もとめる）
1101 □	のち【後】	名 後，之後；今後，未來；死後，身後
1102 □	ノック【knock】	名・他サ 敲打；（來訪者）敲門；打球
1103 □	のばす【伸ばす】	他五 伸展，擴展，放長；延緩（日期），推遲；發展，發揮；擴大，增加；稀釋；打倒 類 伸長（しんちょう）
1104 □	のびる【伸びる】	自上一 （長度等）變長，伸長；（皺摺等）伸展；擴展，到達；（勢力、才能等）擴大，增加，發展 類 生長（せいちょう）
1105 □	のぼり【上り】	名 （「のぼる」的名詞形）登上，攀登；上坡（路）；上行列車（從地方往首都方向的列車）；進京 反 下り（くだり）
1106 □	のぼる【上る】	自五 進京；晉級，高昇；（數量）達到，高達 類 上がる（あがる） 反 下る（くだる）
1107 □	のぼる【昇る】	自五 上升
1108 □	のりかえ【乗り換え】	名 換乘，改乘，改搭
1109 □	のりこし【乗り越し】	名・自サ （車）坐過站
1110 □	のんびり	副・自サ 舒適，逍遙，悠然自得 反 くよくよ 類 ゆったり、呑気（のんき）

1100
☐ あなたが望む結婚相手の条件は何ですか。
▶ 你希望的結婚對象，條件為何？

1101
☐ 晴れのち曇り。
▶ 晴後陰。

1102
☐ ノックの音が聞こえる。
▶ 聽見敲門聲。

1103
☐ 手を伸ばしたところ、木の枝に手が届きました。
▶ 我一伸手，結果就碰到了樹枝。

1104
☐ 背が伸びる。
▶ 長高了。

の

1105
☐ ただいま、上り電車がまいりました。
▶ 現在北上的電車將要進站。

1106
☐ 足が悪くなって階段を上るのが大変です。
▶ 腳不好爬樓梯很辛苦。

1107
☐ 太陽が昇る。
▶ 太陽升起。

1108
☐ 電車の乗り換え。
▶ 電車轉乘。

1109
☐ 乗り越しの方は精算してください。
▶ 請坐過站的乘客補票。

1110
☐ 平日はともかく、週末はのんびりしたい。
▶ 先不說平日是如何，我週末想悠哉地休息一下。

は	1111 ☐	バーゲンセール 【bargain sale】	名 廉價出售，大拍賣，簡稱為（「バーゲン」） 類 安売り（やすうり）、特売（とくばい）
	1112 ☐	パーセント 【percent】	名 百分率
	1113 ☐	パート 【part time之略】	名 （按時計酬）打零工
	1114 ☐	ハードディスク 【hard disk】	名 （電腦）硬碟
	1115 ☐	パートナー 【partner】	名 伙伴，合作者，合夥人；舞伴 類 相棒（あいぼう）
	1116 ☐	はい 【灰】	名 灰
	1117 ☐	ばい 【倍】	名・漢造・接尾 倍，加倍；（數助詞的用法）倍
	1118 ☐	はいいろ 【灰色】	名 灰色
	1119 ☐	バイオリン 【violin】	名 （樂）小提琴
	1120 ☐	ハイキング 【hiking】	名 健行，遠足
	1121 ☐	バイク 【bike】	名 腳踏車；摩托車 類 モーターバイク

1111
デパートでバーゲンセールが始まったよ。
▶ 百貨公司已經開始進入大拍賣囉。

1112
手数料が 3 パーセントかかる。
▶ 手續費要三個百分比。

1113
母はパートに出て家計を補っています。
▶ 家母出外打零工以貼補家用。

1114
ハードディスクはパソコンコーナーのそばに置いてあります。
▶ 硬碟就放在電腦展示區的旁邊。

1115
彼はいいパートナーでした。
▶ 他是一個很好的工作伙伴。

は

1116
タバコの灰。
▶ 煙灰。

1117
今年から、倍の給料をもらえるようになりました。
▶ 今年起可以領到雙倍的薪資了。

1118
灰色の壁。
▶ 灰色的牆。

1119
バイオリンを弾く。
▶ 拉小提琴。

1120
鎌倉へハイキングに行く。
▶ 到鎌倉去健行。

1121
バイクで日本のいろいろなところを旅行したい。
▶ 我想要騎機車到日本各地旅行。

1122 ☐	ばいてん【売店】	名（車站等）小賣店
1123 ☐	バイバイ【bye-bye】	寒暄 再見，拜拜
1124 ☐	ハイヒール【high heel】	名 高跟鞋
1125 ☐	はいゆう【俳優】	名（男）演員
1126 ☐	パイロット【pilot】	名 領航員；飛行駕駛員；實驗性的 類 運転手（うんてんしゅ）
1127 ☐	はえる【生える】	自下一（草，木）等生長
1128 ☐ T45	ばか【馬鹿】	名・接頭 愚蠢，糊塗
1129 ☐	はく・ぱく【泊】	名・漢造 宿，過夜；停泊
1130 ☐	はくしゅ【拍手】	名・自サ 拍手，鼓掌 類 喝采（かっさい）
1131 ☐	はくぶつかん【博物館】	名 博物館，博物院
1132 ☐	はぐるま【歯車】	名 齒輪

1122
駅の売店。
▶ 車站的小賣店。

1123
バイバイ、またね。
▶ 掰掰，再見。

1124
会社に入ってから、ハイヒールをはくようになりました。
▶ 進到公司以後，才開始穿上了高跟鞋。

1125
映画俳優。
▶ 電影演員。

1126
飛行機のパイロットを目指して、訓練を続けている。
▶ 以飛機的飛行員為目標，持續地接受訓練。

は

1127
雑草が生えてきたので、全部抜いてもらえますか。
▶ 雜草長出來了，可以幫我全部拔掉嗎？

1128
ばかなまねはするな。
▶ 別做傻事。

1129
京都に一泊する。
▶ 在京都住一晚。

1130
拍手して賛意を表す。
▶ 鼓掌以示贊成。

1131
博物館を楽しむ。
▶ 到博物館欣賞。

1132
機械の歯車。
▶ 機器的齒輪。

1133 ☐	はげしい 【激しい】	形 激烈，劇烈；（程度上）很高，厲害；熱烈 類 甚だしい（はなはだしい）、ひどい
1134 ☐	はさみ 【鋏】	名 剪刀；剪票鉗
1135 ☐	はし 【端】	名 開端，開始；邊緣；零頭，片段；開始，盡頭 反 中 類 縁（ふち）
1136 ☐	はじまり 【始まり】	名 開始，開端；起源
1137 ☐	はじめ 【始め】	名·接尾 開始，開頭；起因，起源；以…為首 反 終わり 類 起こり
1138 ☐	はしゅつじょ 【派出所】	名 派出所；辦事處，事務所 類 交番（こうばん）
1139 ☐	はしら 【柱】	名·接尾 （建）柱子；支柱；（轉）靠山
1140 ☐	はずす 【外す】	他五 摘下，解開，取下；錯過，錯開；落後， 失掉，避開，躲過 類 とりのける
1141 ☐	バスだい 【bus代】	名 公車（乘坐）費 類 バス料金
1142 ☐	パスポート 【passport】	名 護照；身分證
1143 ☐	バスりょうきん 【bus料金】	名 公車（乘坐）費 類 バス代

1133
競争が激しい。
▶ 競爭激烈。

1134
はさみで切る。
▶ 用剪刀剪。

1135
道の端を歩いてください。
▶ 請走路的兩旁。

1136
近代医学の始まり。
▶ 近代醫學的起源。

1137
お花見には部長をはじめ、社員60名が参加しました。
▶ 經理帶領六十個職員參加了賞花盛宴。

1138
お金を拾ったので派出所に届けました。
▶ 由於我撿到錢，所以送到了派出所。

1139
柱が倒れた。
▶ 柱子倒下。

1140
重大な話につき、あなたは席を外してください。
▶ 由於是重要的事情，所以請你先離座一下。

1141
鈴木さんが私のバス代を払ってくれました。
▶ 鈴木小姐幫我代付了公車費。

1142
パスポートを出す。
▶ 取出護照。

1143
大阪までのバス料金は10年間同じままです。
▶ 搭到大阪的公車費用，這十年來都沒有漲價。

1144 ☐	はずれる【外れる】	自下一 脱落，掉下；（希望）落空，不合（道理）；離開（某一範圍） 反 当たる 類 離れる（はなれる）、逸れる（それる）
1145 ☐	はた【旗】	名 旗，旗幟；（佛）幡
1146 ☐	はたけ【畑】	名 田地，旱田；專業的領域
1147 ☐	はたらき【働き】	名 勞動，工作；作用，功效；功勞，功績；功能，機能 類 才能（さいのう）
1148 ☐	はっきり	副·自サ 清楚；直接了當 類 明らか（あきらか）
1149 ☐	バッグ【bag】	名 手提包
1150 ☐	はっけん【発見】	名·他サ 發現 類 見つける、見つけ出す
1151 ☐	はったつ【発達】	名·自サ （身心）成熟，發達；擴展，進步；（機能）發達，發展
1152 ☐	はつめい【発明】	名·他サ 發明 類 発案（はつあん）
1153 ☐	はで【派手】	名·形動 （服裝等）鮮艷的，華麗的；（為引人注目而動作）誇張，做作 反 地味（じみ） 類 艶やか（あでやか）
1154 ☐	はながら【花柄】	名 花的圖樣 類 花模様（はなもよう）

1144
☐ 機械の部品が、外れるわけがない。
▶ 機器的零件，是不可能會脫落的。

1145
☐ 旗をかかげる。
▶ 掛上旗子。

1146
☐ 畑を耕す。
▶ 耕地。

1147
☐ 計画がうまくいくかどうかは、君たちの働き次第だ。
▶ 計畫能不能順利地進行，就全看你們的工作成果了。

1148
☐ 君ははっきり言いすぎる。
▶ 你說得太露骨了。

1149
☐ バッグに財布を入れる。
▶ 把錢包放入包包裡。

1150
☐ 博物館に行くと、子どもたちにとっていろいろな発見があります。
▶ 孩子們去到博物館會有很多新發現。

1151
☐ 子どもの発達に応じて、おもちゃを与えよう。
▶ 依小孩的成熟程度給玩具。

1152
☐ 社長は、新しい機械を発明するたびにお金をもうけています。
▶ 每逢社長研發出新型機器，就會賺大錢。

1153
☐ いくらパーティーでも、そんな派手な服を着ることはないでしょう。
▶ 就算是派對，也不用穿得那麼華麗吧。

1154
☐ 花柄のワンピースを着ているのが娘です。
▶ 身穿有花紋圖樣的連身洋裝的，就是小女。

1155 □ T46	はなしあう 【話し合う】	自五 對話，談話；商量，協商，談判
1156 □	はなす 【離す】	他五 使…離開，使…分開；隔開，拉開距離 反 合わせる 類 分離（ぶんり）
1157 □	はなもよう 【花模様】	名 花的圖樣 類 花柄（はながら）
1158 □	はなれる 【離れる】	自下一 離開，分開；離去；距離，相隔；脫離（關係），背離 反 合う 類 別れる
1159 □	はば 【幅】	名 寬度，幅面；幅度，範圍；勢力；伸縮空間 類 広狭（こうきょう）
1160 □	はみがき 【歯磨き】	名 刷牙；牙膏，牙膏粉；牙刷
1161 □	ばめん 【場面】	名 場面，場所；情景，（戲劇、電影等）場景，鏡頭；市場的情況，行情 類 光景（こうけい）；シーン
1162 □	はやす 【生やす】	他五 使生長；留（鬍子）
1163 □	はやる 【流行る】	自五 流行，時興；興旺，時運佳 類 広まる（ひろまる）、流行する（りゅうこうする）
1164 □	はら 【腹】	名 肚子；心思，內心活動；心情，情緒；心胸，度量；胎內，母體內 反 背（せ） 類 腹部（ふくぶ）、お腹（おなか）
1165 □	バラエティ 【variety】	名 多樣化，豐富多變；綜藝節目（「バラエティーショー」之略） 類 多様性（たようせい）

1155
楽しく話し合う。
▶ 相談甚歡。

1156
子どもの手を握って、離さないでください。
▶ 請握住小孩的手，不要放掉。

1157
彼女はいつも花模様のハンカチを持っています。
▶ 她總是帶著綴有花樣的手帕。

1158
故郷を離れるに先立ち、みんなに挨拶をしました。
▶ 在離開家鄉之前，先和大家告別過了。

1159
道路の幅を広げる工事をしている。
▶ 正在進行拓展道路的工程。

は

1160
毎食後に歯磨きをする。
▶ 每餐飯後刷牙。

1161
最後の場面は感動したにせよ、映画自体はおもしろくなかった。
▶ 就算最後一幕很動人，但電影本身還是很無趣。

1162
恋人の不満をよそに、彼はいつもひげを生やしている。
▶ 他總是任由鬍鬚雜生，根本沒將女友的不高興放在心上。

1163
こんな商品がはやるとは思えません。
▶ 我不認為這種商品會流行。

1164
たとえ腹が立っても、黙ってがまんします。
▶ 就算一肚子氣，也會默默地忍耐下來。

1165
彼女はよくバラエティ番組に出ていますよ。
▶ 她經常上綜藝節目唷。

1166 □	ばらばら（な）	副 分散貌；凌亂，支離破碎的 類 散り散り（ちりぢり）
1167 □	バランス 【balance】	名 平衡，均衡，均等 類 釣り合い（つりあい）
1168 □	はる 【張る】	自五·他五 延伸，伸展；覆蓋；膨脹，負擔過重；展平，擴張；設置，布置 類 覆う（おおう）；太る（ふとる）
1169 □	バレエ 【ballet】	名 芭蕾舞 類 踊り（おどり）
1170 □	バン 【van】	名 大篷貨車
1171 □	ばん 【番】	名·接尾·漢造 輪班；看守，守衛；（表順序與號碼）第…號；（交替）順序 類 順序（じゅんじょ）、順番（じゅんばん）
1172 □	はんい 【範囲】	名 範圍，界線 類 区域（くいき）
1173 □	はんせい 【反省】	名·他サ 反省，自省（思想與行為）；重新考慮 類 省みる（かえりみる）
1174 □	はんたい 【反対】	名·自サ 相反；反對 反 賛成（さんせい） 類 あべこべ；否（いな）
1175 □	パンツ 【pants】	名 內褲；短褲 類 ズボン
1176 □	はんにん 【犯人】	名 犯人 類 犯罪者（はんざいしゃ）

1166
同件に対する評価がばらばらな理由は何ですか。
▶ 為什麼大家對本案的評語會是褒貶不一，各持己見呢？

1167
この食事では、ビタミンが足りないのみならず、栄養のバランスも悪い。
▶ 這一餐不僅維他命不足，連營養都不均衡。

1168
今朝は寒くて、池に氷が張るほどだった。
▶ 今早好冷，冷到池塘都結了一層薄冰。

1169
幼稚園のときからバレエを習っています。
▶ 我從讀幼稚園起，就一直學習芭蕾舞。

1170
新型のバンがほしい。
▶ 想要有一台新型貨車。

1171
次は誰の番ですか。
▶ 下一個輪到誰了？

1172
消費者の要望にこたえて、販売地域の範囲を広げた。
▶ 為了回應消費者的期待，拓展了銷售區域的範圍。

1173
彼は、反省のあまり、すっかり元気がなくなってしまった。
▶ 他反省過了頭，以致於整個人都提不起勁。

1174
あなたが社長に反対しちゃ、困りますよ。
▶ 你要是跟社長作對，我會很頭痛的。

1175
子どものパンツと靴下を買いました。
▶ 我買了小孩子的內褲和襪子。

1176
あいつが犯人と分かっているにもかかわらず、逮捕できない。
▶ 儘管知道那傢伙就是犯人，還是沒辦法逮捕他。

1177 □	パンプス 【pumps】	名 女用的高跟皮鞋，淑女包鞋
1178 □ T47	パンフレット 【pamphlet】	名 小冊子 類 パンフ、案内書（あんないしょ）
1179 □ ひ	ひ 【非】	名 非，不是
1180 □	ひ 【費】	漢造 消費，花費；費用
1181 □	ピアニスト 【pianist】	名 鋼琴師，鋼琴家 類 ピアノの演奏家（ピアノのえんそうか）
1182 □	ヒーター 【heater】	名 電熱器，電爐；暖氣裝置 類 暖房（だんぼう）
1183 □	ビール 【(荷)bier】	名 啤酒
1184 □	ひがい 【被害】	名 受害，損失 反 加害（かがい） 類 損害（そんがい）
1185 □	ひきうける 【引き受ける】	他下一 承擔，負責；照應，照料；應付，對付；繼承 類 受け入れる
1186 □	ひきざん 【引き算】	名 減法 反 足し算（たしざん） 類 減法（げんぽう）
1187 □	ピクニック 【picnic】	名 郊遊，野餐

1177
入社式にはパンプスをはいていきます。
▶ 我穿淑女包鞋參加新進人員入社典禮。

1178
社に戻りましたら、詳しいパンフレットをお送りいたします。
▶ 我一回公司，會馬上寄給您更詳細的小冊子。

1179
非を認める。
▶ 承認錯誤。

1180
経費。
▶ 經費。

1181
知り合いにピアニストの方はいますか。
▶ 請問你的朋友中有沒有人是鋼琴家呢？

は

1182
ヒーターを点けたまま、寝てしまいました。
▶ 我沒有關掉暖爐就睡著了。

1183
ビールを飲む。
▶ 喝啤酒。

1184
悲しいことに、被害は拡大している。
▶ 令人感到難過的是，災情還在持續擴大中。

1185
仕事についていろいろ説明を受けたあげく、引き受けるのをやめた。
▶ 聽了工作各方面的內容說明後，最後卻決定不接這份工作。

1186
子どもに引き算の練習をさせた。
▶ 我叫小孩演練減法。

1187
ピクニックに行く。
▶ 去野餐。

1188 □	ひざ 【膝】	⑧ 膝，膝蓋
1189 □	ひじ 【肘】	⑧ 肘，手肘
1190 □	びじゅつ 【美術】	⑧ 美術 ⑱ 芸術（げいじゅつ）、アート
1191 □	ひじょう 【非常】	⑧·形動 非常，很，特別；緊急，緊迫 ⑱ 特別
1192 □	びじん 【美人】	⑧ （文）美人，美女
1193 □	ひたい 【額】	⑧ 前額，額頭；物體突出部分 ⑱ おでこ
1194 □	ひっこし 【引っ越し】	⑧ 搬家，遷居
1195 □	ぴったり	副·自サ 緊緊地，嚴實地；恰好，正適合；說中，猜中 ⑱ ちょうど
1196 □	ヒット 【hit】	⑧·自サ 大受歡迎，最暢銷；（棒球）安打 ⑱ 大当たり（おおあたり）
1197 □	ビデオ 【video】	⑧ 影像，錄影；錄影機；錄影帶
1198 □	ビデオデッキ 【videodeck】	⑧ 錄影帶播放機

1188
膝を曲げる。
▶ 曲膝。

1189
肘つきのいす。
▶ 帶扶手的椅子。

1190
美術の研究を続けるべく、大学院に入ることにした。
▶ 為求持續美術方面的研究，因此進入研究所。

1191
そのニュースを聞いて、彼は非常に喜んだに違いない。
▶ 聽到那個消息，他一定會非常的高興。

1192
美人薄命。
▶ 紅顏薄命。

ひ

1193
うちの庭は、猫の額のように狭い。
▶ 我家的庭院，就像貓的額頭一般地狹小。

1194
引っ越しをする。
▶ 搬家。

1195
そのドレスは、あなたにぴったりですよ。
▶ 這件禮服，真適合你穿啊！

1196
90年代にヒットした曲を集めました。
▶ 這裡面彙集了九〇年代的暢銷金曲。

1197
ビデオを再生する。
▶ 播放錄影帶。

1198
ビデオデッキを使う。
▶ 用錄影帶播放機。

1199 □	ひとさしゆび【人差し指】	图 食指 题 食指（しょくし）
1200 □	ビニール【vinyl】	图 （化）乙烯基；乙烯基樹脂；塑膠
1201 □	ひふ【皮膚】	图 皮膚
1202 □	ひみつ【秘密】	图·形動 秘密，機密
1203 □	ひも【紐】	图 （布、皮革等的）細繩，帶
1204 □	ひやす【冷やす】	他五 使變涼，冰鎮；（喻）使冷靜
1205 □	びょう【秒】	图·漢造 （時間單位）秒
1206 □	ひょうご【標語】	图 標語
1207 □ T48	びようし【美容師】	图 美容師
1208 □	ひょうじょう【表情】	图 表情
1209 □	ひょうほん【標本】	图 標本；（統計）樣本；典型

1199
彼女は、人差し指に指輪をしている。
▶ 她的食指上帶著戒指。

1200
ビニール袋。
▶ 塑膠袋。

1201
皮膚が荒れる。
▶ 皮膚粗糙。

1202
秘密を明かす。
▶ 透漏秘密。

1203
靴ひもを結ぶ。
▶ 繫鞋帶。

ひ

1204
ミルクを冷蔵庫で冷やしておく。
▶ 把牛奶放在冰箱冷藏。

1205
タイムを秒まで計る。
▶ 以秒計算。

1206
交通安全の標語。
▶ 交通安全的標語。

1207
人気の美容師さんに髪を切ってもらいました。
▶ 我找了極受歡迎的美髮設計師幫我剪了頭髮。

1208
表情が暗い。
▶ 神情陰鬱。

1209
動物の標本。
▶ 動物的標本。

1210 ☐	ひょうめん 【表面】	名 表面 類 表（おもて）
1211 ☐	ひょうろん 【評論】	名・他サ 評論，批評 類 批評（ひひょう）
1212 ☐	びら	名 （宣傳、廣告用的）傳單
1213 ☐	ひらく 【開く】	自五・他五 綻放；開，拉開 類 開ける
1214 ☐	ひろがる 【広がる】	自五 開放，展開；（面積、規模、範圍）擴大，蔓延，傳播 反 挟まる（はさまる）　類 拡大（かくだい）
1215 ☐	ひろげる 【広げる】	他下一 打開，展開；（面積、規模、範圍）擴張，發展 反 挟める（せばめる）　類 拡大
1216 ☐	ひろさ 【広さ】	名 寬度，幅度
1217 ☐	ひろまる 【広まる】	自五 （範圍）擴大；傳播，遍及 類 広がる
1218 ☐	ひろめる 【広める】	他下一 擴大，增廣；普及，推廣；披漏，宣揚 類 普及させる（ふきゅうさせる）
1219 ☐	びん 【瓶】	名 瓶，瓶子
1220 ☐	ピンク 【pink】	名 桃紅色，粉紅色；桃色

1210
布の表面全体にわたる汚れが、どうしても落ちなかった。
▶ 染在布面上的整片污漬，怎麼也洗不掉。

1211
評論家として、一言意見を述べたいと思います。
▶ 我想以評論家的身分，表達一下意見。

1212
びらをまく。
▶ 發傳單。

1213
ばらの花が開きだした。
▶ 玫瑰花綻放開來了。

1214
悪い噂は、広がる一方だなあ。
▶ 負面的傳聞，越傳越開了。

1215
犯人が見つからないので、捜査の範囲を広げるほかはない。
▶ 因為抓不到犯人，所以只好擴大搜查範圍了。

1216
広さは3万坪ある。
▶ 有三萬坪的寬度。

1217
話が広まってしまい、私はみんなに同情されるしまつだ。
▶ 關於我的事漸漸傳開，大家對我寄予無限同情。

1218
祖母は日本舞踊を広める活動をしています。
▶ 祖母正在從事推廣日本舞踊的活動。

1219
瓶を壊す。
▶ 打破瓶子。

1220
ピンク色のセーター。
▶ 粉紅色的毛衣。

ひ

ふ

1221	びんせん 【便箋】	名 信紙，便箋 類 レターペーパー
1222	ふ 【不】	漢造 不；壞；醜；笨
1223	ぶ 【部】	名·漢造 部分；部門；冊
1224	ぶ 【無】	漢造 無，沒有，缺乏
1225	ファストフード 【fast food】	名 速食
1226	ファスナー 【fastener】	名 （提包、皮包與衣服上的）拉鍊 類 チャック、ジッパー
1227	ファックス 【fax】	名 傳真
1228	ふあん 【不安】	名·形動 不安，不放心，擔心；不穩定 類 心配
1229	ふうぞく 【風俗】	名 風俗；服裝，打扮；社會道德
1230	ふうふ 【夫婦】	名 夫婦，夫妻
1231	ふかのう（な） 【不可能（な）】	形動 不可能的，做不到的 類 できない 反 できる

1221
便箋と封筒を買ってきた。
▶ 我買來了信紙和信封。

1222
不思議。
▶ 不可思議。

1223
営業部。
▶ 業務部。

1224
無難。
▶ 無事。

1225
ファストフードの食べすぎは体によくないです。
▶ 吃太多速食有害身體健康。

1226
このバッグにはファスナーがついています。
▶ 這個皮包有附拉錬。

1227
地図をファックスしてください。
▶ 請傳真地圖給我。

1228
不安のあまり、友だちに相談に行った。
▶ 因為實在是放不下心，所以找朋友來聊聊。

1229
土地の風俗。
▶ 當地的風俗。

1230
夫婦になる。
▶ 成為夫妻。

1231
それはあまりに不可能な要求です。
▶ 那是近乎不可能達成的要求。

ひ

1232 ☐	ふかまる 【深まる】	(自五) 加深，變深
1233 ☐	ふかめる 【深める】	(他下一) 加深，加強
1234 ☐	ふきゅう 【普及】	(名・自サ) 普及
1235 ☐	ふく 【拭く】	(他五) 擦，抹 (類) 拭う（ぬぐう）
1236 ☐ T49	ふく 【副】	(名・漢造) 副本，抄件；副；附帶
1237 ☐	ふくむ 【含む】	(他五・自四) 含（在嘴裡）；帶有，包含；瞭解，知道；含蓄；懷（恨）；鼓起；（花）含苞 (類) 包む（つつむ）
1238 ☐	ふくめる 【含める】	(他下一) 包含，含括；囑咐，告知，指導 (類) 入れる
1239 ☐	ふくろ 【袋】	(名) 口袋；腰包
1240 ☐	ふける 【更ける】	(自下一) （秋）深；（夜）闌
1241 ☐	ふこう 【不幸】	(名) 不幸，倒楣；死亡，喪事
1242 ☐	ふごう 【符号】	(名) 符號，記號；（數）符號

1232
秋（あき）が深（ふか）まる。
▶ 秋深。

1233
貴校（きこう）において知識（ちしき）を深（ふか）められたことは、光栄（こうえい）の至（いた）りです。
▶ 能夠來到貴校增進知識，實為無比光榮。

1234
当時（とうじ）は、テレビが普及（ふきゅう）しかけた頃（ころ）でした。
▶ 當時正是電視開始普及的時候。

1235
教室（きょうしつ）と廊下（ろうか）の床（ゆか）は雑巾（ぞうきん）で拭（ふ）きます。
▶ 用抹布擦拭教室和走廊的地板。

1236
副社長（ふくしゃちょう）。
▶ 副社長。

1237
税金（ぜいきん）を含（ふく）むか含（ふく）まないかにかかわらず、この値段（ねだん）はちょっと高（たか）すぎる。
▶ 無論含稅與否，這價錢有點太貴了。

1238
先生（せんせい）を含（ふく）めて、クラス会（かい）の参加者（さんかしゃ）は50名（めい）です。
▶ 包含老師，參加班級會議的共有50位。

1239
袋（ふくろ）に入（い）れる。
▶ 裝入袋子。

1240
夜（よ）が更（ふ）ける。
▶ 三更半夜。

1241
不幸（ふこう）を嘆（なげ）く。
▶ 哀嘆不幸。

1242
数学（すうがく）の符号（ふごう）。
▶ 數學符號。

1243 ☐	ふしぎ 【不思議】	(名・形動) 奇怪，難以想像，不可思議 (類) 神秘（しんぴ）
1244 ☐	ふじゆう 【不自由】	(名・形動・自サ) 不自由，不如意，不充裕；（手腳）不聽使喚；不方便 (類) 不便（ふべん）
1245 ☐	ふそく 【不足】	(名・形動・自サ) 不足，不夠，短缺；缺乏，不充分；不滿意，不平 (反) 過剰（かじょう） (類) 足りない（たりない）
1246 ☐	ふた 【蓋】	(名) （瓶、箱、鍋等）的蓋子；（貝類的）蓋 (反) 身 (類) 覆い（おおい）
1247 ☐	ぶたい 【舞台】	(名) 舞台；大顯身手的地方 (類) ステージ
1248 ☐	ふたたび 【再び】	(副) 再一次，又，重新 (類) また
1249 ☐	ふたて 【二手】	(名) 兩路
1250 ☐	ふちゅうい（な） 【不注意（な）】	(形動) 不注意，疏忽，大意 (類) 不用意（ふようい）
1251 ☐	ふちょう 【府庁】	(名) 府辦公室
1252 ☐	ぶつ 【物】	(名・漢造) 大人物；物，東西
1253 ☐	ぶっか 【物価】	(名) 物價 (類) 値段

1243

ひどい事故（じこ）だったので、助（たす）かったのが不思議（ふしぎ）なくらいです。

▶ 因為是很嚴重的事故，所以能得救還真是令人覺得不可思議。

1244

学校生活（がっこうせいかつ）が、不自由（ふじゆう）でしょうがない。

▶ 學校的生活令人感到極不自在。

1245

栄養（えいよう）が不足（ふそく）がちだから、もっと食（た）べなさい。

▶ 營養有不足的傾向，所以要多吃一點。

1246

ふたを取（と）ったら、いい匂（にお）いがした。

▶ 打開蓋子後，聞到了香味。

1247

舞台（ぶたい）に立（た）つからには、いい演技（えんぎ）をしたい。

▶ 既然要站上舞台，就想要展露出好的表演。

1248

先生（せんせい）に対（たい）して、再（ふたた）び質問（しつもん）した。

▶ 向老師再次提問。

1249

二手（ふたて）に分（わ）かれる。

▶ 兵分兩路。

1250

首相（しゅしょう）の不注意（ふちゅうい）な発言（はつげん）で、支持率（しじりつ）が低下（ていか）した。

▶ 首相的失言，造成了支持率的滑落。

1251

府庁（ふちょう）へはどのように行（い）けばいいですか。

▶ 請問該怎麼去府廳（府辦公室）呢？

1252

紛失物（ふんしつぶつ）。

▶ 遺失物品。

1253

物価（ぶっか）が上（あ）がったせいか、生活（せいかつ）が苦（くる）しいです。

▶ 或許是物價上漲的關係，生活很辛苦。

ふ

1254 ☐	ぶつける	他下一 扔，投；碰，撞，（偶然）碰上，遇上；正當，恰逢；衝突，矛盾 類 打ち当てる（うちあてる）
1255 ☐	ぶつり 【物理】	名（文）事物的道理；物理（學）
1256 ☐	ふなびん 【船便】	名 船運
1257 ☐	ふまん 【不満】	名・形動 不滿足，不滿，不平 反 満足（まんぞく） 類 不平（ふへい）
1258 ☐	ふみきり 【踏切】	名（鐵路的）平交道，道口；（轉）決心
1259 ☐	ふもと 【麓】	名 山脚
1260 ☐	ふやす 【増やす】	他五 繁殖；增加，添加 反 減らす（へらす） 類 増す（ます）
1261 ☐	フライがえし 【fry返し】	名（把平底鍋裡煎的東西翻面的用具）鍋鏟 類 ターナー
1262 ☐	プライバシー 【privacy】	名 私生活，個人私密 類 私生活（しせいかつ）
1263 ☐ T50	フライパン 【frypan】	名 平底鍋
1264 ☐	ブラインド 【blind】	名 百葉窗，窗簾，遮光物

1254
車をぶつけて、修理代を請求された。
▶ 撞上了車，被對方要求償修理費。

1255
物理の点が悪かったわりには、化学はまあまあだった。
▶ 物理的成績不好，但比較起來化學是算好的了。

1256
船便だと一ヶ月以上かかります。
▶ 船運需花一個月以上的時間。

1257
不満げな様子だが、文句があれば私に言いなさい。
▶ 看起來好像有不滿的樣子，有異議的話跟我說啊。

1258
踏切を渡る。
▶ 過平交道。

ふ

1259
富士山の麓。
▶ 富士山下。

1260
人数を増やす。
▶ 增加人數。

1261
このフライ返しはとても使いやすい。
▶ 這把鍋鏟用起來非常順手。

1262
プライバシーに関する情報は、公開しません。
▶ 關於個人隱私的相關資訊，恕不對外公開。

1263
フライパンで、目玉焼きを作った。
▶ 我用平底鍋煎了荷包蛋。

1264
姉の部屋はカーテンではなく、ブラインドを掛けています。
▶ 姊姊的房間裡掛的不是窗簾，而是百葉窗。

1265	ブラウス 【blouse】	名 （多半為女性穿的）罩衫，襯衫
1266	プラス 【plus】	名·他サ （數）加號，正號；正數；有好處，利益；加（法）；陽性 反 マイナス 類 加算（かさん）
1267	プラスチック 【plastic;plastics】	名 （化）塑膠，塑料
1268	プラットホーム 【platform】	名 月台 類 ホーム
1269	ブランド 【brand】	名 （商品的）牌子；商標 類 銘柄（めいがら）
1270	ぶり 【振り】	造語 樣子，狀態
1271	ぶり 【振り】	造語 相隔
1272	プリペイドカード 【prepaid card】	名 預先付款的卡片（電話卡、影印卡等）
1273	プリンター 【printer】	名 印表機；印相片機
1274	ふる 【古】	名·漢造 舊東西；舊，舊的
1275	ふる 【振る】	他五 揮，搖；撒，丟；（俗）放棄，犧牲（地位等）；謝絕，拒絕；派分；在漢字上註假名；（使方向）偏於 類 振るう

1265
女性(じょせい)もののブラウスがほしい。
▶ 我想要一件女用襯衫。

1266
働(はたら)きに応(おう)じて、報酬(ほうしゅう)をプラスしてあげよう。
▶ 依工作情況，來增加報酬！

1267
プラスチック製(せい)の車(くるま)。
▶ 塑膠製的車子。

1268
新宿行(しんじゅくゆ)きは、何番(なんばん)のプラットホームですか。
▶ 前往新宿是幾號月台？

1269
ブランド品(ひん)は通販(つうはん)でもたくさん販売(はんばい)されています。
▶ 有很多名牌商品也在網購或郵購通路上販售。

1270
勉強振(べんきょうぶ)り。
▶ 學習狀況。

1271
五年振(ごねんぶ)りの来日(らいにち)。
▶ 相隔五年的訪日。

1272
これは国際電話用(こくさいでんわよう)のプリペイドカードです。
▶ 這是可撥打國際電話的預付卡。

1273
新(あたら)しいプリンターがほしいです。
▶ 我想要一台新的印表機。

1274
古本屋(ふるほんや)さん。
▶ 二手書店。

1275
ハンカチを振(ふ)る。
▶ 揮著手帕。

1276	フルーツ 【fruits】	名 水果 類 果物（くだもの）
1277	ブレーキ 【brake】	名 煞車；制止，控制，潑冷水 類 制動機（せいどうき）
1278	ふろ（ば） 【風呂（場）】	名 浴室，洗澡間，浴池 類 バス
1279	ふろや 【風呂屋】	名 浴池，澡堂
1280	ブログ 【blog】	名 部落格
1281	プロ 【professional之略】	名 職業選手，專家 反 アマ 類 玄人（くろうと）
1282	ぶん 【分】	名・漢造 部分；份；本分；地位
1283	ぶんすう 【分数】	名 （數學的）分數
1284	ぶんたい 【文体】	名 （某時代特有的）文體；（某作家特有的）風格
1285	ぶんぼうぐ 【文房具】	名 文具，文房四寶
1286	へいき 【平気】	名・形動 鎮定，冷靜；不在乎，不介意，無動於衷 類 平静（へいせい）

1276
10年近く、毎朝フルーツジュースを飲んでいます。
▶ 近十年來，每天早上都會喝果汁。

1277
何かが飛び出してきたので、慌ててブレーキを踏んだ。
▶ 突然有東西跑出來，我便緊急地踩了煞車。

1278
風呂に入りながら音楽を聴くのが好きです。
▶ 我喜歡一邊泡澡一邊聽音樂。

1279
風呂屋に行く。
▶ 去澡堂。

1280
ブログを作る。
▶ 架設部落格。

ふ

1281
プロからすれば、私たちの野球はとても下手に見えるでしょう。
▶ 我想從職業的角度來看，我們棒球一定打得很爛。

1282
減った分を補う。
▶ 補充減少部分。

1283
小学４年生のときに分数を習いました。
▶ 我在小學四年級時已經學過「分數」了。

1284
漱石の文体をまねる。
▶ 模仿夏目漱石的文章風格。

1285
文房具屋さん。
▶ 文具店。

1286
たとえ何を言われても、私は平気だ。
▶ 不管別人怎麼說，我都無所謂。

1287 ☐	へいきん 【平均】	(名・自サ・他サ) 平均；（數）平均值；平衡，均衡 (類) 均等（きんとう）
1288 ☐	へいじつ 【平日】	(名)（星期日、節假日以外）平日；平常，平素 (反) 休日（きゅうじつ） (類) 普段（ふだん）
1289 ☐ T51	へいたい 【兵隊】	(名) 士兵，軍人；軍隊
1290 ☐	へいわ 【平和】	(名・形動) 和平，和睦 (反) 戦争（せんそう） (類) 太平（たいへい）、ピース
1291 ☐	へそ 【臍】	(名) 肚臍；物體中心突起部分
1292 ☐	べつ 【別】	(名・形動・漢造) 分別，區分；分別
1293 ☐	べつに 【別に】	(副)（後接否定）不特別 (類) 特に
1294 ☐	べつべつ 【別々】	(形動) 各自，分別 (類) それぞれ
1295 ☐	ベテラン 【veteran】	(名) 老手，內行 (類) 達人（たつじん）
1296 ☐	へやだい 【部屋代】	(名) 房租；旅館住宿費
1297 ☐	へらす 【減らす】	(他五) 減，減少；削減，縮減；空（腹） (反) 増やす（ふやす） (類) 削る（けずる）

1287
集めたデータをもとにして、平均を計算しました。
▶ 把蒐集來的資料做為參考，計算出平均值。

1288
デパートは平日でさえこんなに込んでいるのだから、日曜はすごいだろう。
▶ 百貨公司連平日都那麼擁擠，禮拜日肯定就更多吧。

1289
兵隊に行く。
▶ 去當兵。

1290
世界人類が平和でありますように。
▶ 希望全世界全人類都能和平相處。

1291
おへそを出すファッションがはやっている。
▶ 現在流行將肚臍外露的造型。

1292
別の方法を考える。
▶ 想別的方法。

1293
別に教えてくれなくてもかまわないよ。
▶ 不教我也沒關係。

1294
支払いは別々にする。
▶ 各付各的。

1295
たとえベテランだったとしても、この機械を修理するのは難しいだろう。
▶ 修理這台機器，即使是內行人也感到很棘手的。

1296
部屋代を払う。
▶ 支付房租。

1297
体重を減らす。
▶ 減輕體重。

1298 ☐	ベランダ【veranda】	名 陽台；走廊 類 バルコニー
1299 ☐	へる【経る】	自下一（時間、空間、事物）經過、通過
1300 ☐	へる【減る】	自五 減，減少；磨損；（肚子）餓 反 増える（ふえる） 類 減じる（げんじる）
1301 ☐	ベルト【belt】	名 皮帶；（機）傳送帶；（地）地帶 類 帯（おび）
1302 ☐	ヘルメット【helmet】	名 安全帽；頭盔，鋼盔
1303 ☐	へん【偏】	名・漢造 漢字的（左）偏旁；偏，偏頗
1304 ☐	へん【編】	名・漢造 編，編輯；（詩的）卷
1305 ☐	へんか【変化】	名・自サ 變化，改變；（語法）變形，活用 類 変動（へんどう）
1306 ☐	ペンキ【(荷)pek】	名 油漆
1307 ☐	へんこう【変更】	名・他サ 變更，更改，改變 類 変える
1308 ☐	べんごし【弁護士】	名 律師

1298
母は毎朝必ずベランダの花に水をやります。
▶ 媽媽每天早上都一定會幫種在陽台上的花澆水。

1299
3年を経た。
▶ 經過了三年。

1300
収入が減る。
▶ 收入減少。

1301
ベルトの締め方によって、感じが変わりますね。
▶ 繫皮帶的方式一改變，整個感覺就不一樣了。

1302
自転車に乗るときもヘルメットをかぶらなければいけません。
▶ 即使騎乘自行車時，也必須戴上安全帽才行。

1303
衣偏。
▶ 衣部（部首）。

1304
編集者。
▶ 編輯人員。

1305
街の変化はとても激しく、別の場所に来たのかと思うぐらいです。
▶ 城裡的變化，大到幾乎讓人以為來到別處似的。

1306
ペンキが乾いてからでなければ、座れない。
▶ 不等油漆乾就不能坐。

1307
予定を変更することなく、すべての作業を終えた。
▶ 一路上沒有更動原定計畫，就做完了所有的工作。

1308
将来は弁護士になりたいと考えています。
▶ 我以後想要當律師。

1309 ☐	ベンチ 【bench】	名 長凳，長椅；（棒球）教練、選手席 類 椅子
1310 ☐	べんとう 【弁当】	名 便當，飯盒
1311 ☐	ほ・ぽ 【歩】	名・漢造 步，步行；（距離單位）步
1312 ☐	ほいくえん 【保育園】	名 幼稚園，保育園
1313 ☐	ほいくし 【保育士】	名 幼教師
1314 ☐	ぼう 【防】	漢造 防備，防止；堤防
1315 ☐	ほうこく 【報告】	名・他サ 報告，匯報，告知 類 報知（ほうち）、レポート
1316 ☐ T52	ほうたい 【包帯】	名・他サ （醫）繃帶
1317 ☐	ほうちょう 【包丁】	名 菜刀；廚師；烹調手藝 類 ナイフ
1318 ☐	ほうほう 【方法】	名 方法，辦法 類 手段（しゅだん）
1319 ☐	ほうもん 【訪問】	名・他サ 訪問，拜訪 類 訪れる（おとずれる）

ほ

1309
公園には小さなベンチがありますよ。
▶ 公園裡有小型的長條椅喔。

1310
弁当を作る。
▶ 做便當。

1311
前へ、一歩進む。
▶ 往前一步。

1312
妹は２歳から保育園に行っています。
▶ 妹妹從兩歲起就讀育幼園。

1313
あの保育士はいつも笑顔で、元気がいいです。
▶ 那位幼教老師的臉上總是帶著笑容、精神奕奕的。

1314
予防医療。
▶ 預防醫療。

1315
忙しさのあまり、報告を忘れました。
▶ 因為太忙了，而忘了告知您。

1316
包帯を換える。
▶ 更換包紮帶。

1317
刺身を包丁でていねいに切った。
▶ 我用刀子謹慎地切生魚片。

1318
方法しだいで、結果が違ってきます。
▶ 因方法不同，結果也會不同。

1319
彼の家を訪問するにつけ、昔のことを思い出す。
▶ 每次去拜訪他家，就會想起以往的種種。

1320	ぼうりょく【暴力】	名 暴力，武力
1321	ほお【頬】	名 頰，臉蛋 類 ほほ
1322	ボーナス【bonus】	名 特別紅利，花紅；獎金，額外津貼，紅利
1323	ホーム【platform之略】	名 月台 類 プラットホーム
1324	ホームページ【homepage】	名 網站，網站首頁
1325	ホール【hall】	名 大廳；舞廳；（有舞台與觀眾席的）會場
1326	ボール【ball】	名 球；（棒球）壞球
1327	ほけんじょ【保健所】	名 保健所，衛生所
1328	ほけんたいいく【保健体育】	名 （國高中學科之一）保健體育
1329	ほっと	副・自サ 嘆氣貌；放心貌 類 安心する（あんしんする）
1330	ポップス【pops】	名 流行歌，通俗歌曲（「ポピュラーミュージック」之略）

1320
暴力禁止法案。
▶ 嚴禁暴力法案。

1321
この子はいつもほおが赤い。
▶ 這孩子的臉蛋總是紅通通的。

1322
ボーナスが出る。
▶ 發獎金。

1323
ホームに入ってくる快速列車に飛び込みました。
▶ 趁快速列車即將進站時，一躍而下（跳軌自殺）。

1324
ホームページを作る。
▶ 架設網站。

ほ

1325
新しいホールもさることながら、庭の配置もすばらしい。
▶ 嶄新的大廳已很豪華氣派，但巧妙的庭園設計亦不遑多讓。

1326
サッカーボール。
▶ 足球。

1327
野良犬が保健所の人に連れて行かれました。
▶ 野狗被衛生中心的人員帶走了。

1328
保健体育の授業が一番好きです。
▶ 我最喜歡上健康體育課。

1329
父が今日を限りにたばこをやめたので、ほっとした。
▶ 聽到父親決定從明天起要戒菸，著實鬆了一口氣。

1330
80年代のポップスが最近またはやり始めた。
▶ 最近又開始流行起八〇年代的流行歌了。

1331 ☐	ほね 【骨】	名 骨頭；費力氣的事
1332 ☐	ホラー 【horror】	名 恐怖，戰慄
1333 ☐	ボランティア 【volunteer】	名 志願者，志工
1334 ☐	ポリエステル 【polyethylene】	名 （化學）聚乙稀，人工纖維
1335 ☐	ぼろぼろ（な）	名·副·形動 （衣服等）破爛不堪；（粒狀物）散落貌 類 ぽろぽろ
1336 ☐	ほんじつ 【本日】	名 本日，今日 類 今日
1337 ☐	ほんだい 【本代】	名 買書錢
1338 ☐	ほんにん 【本人】	名 本人 類 当人（とうにん）
1339 ☐	ほんねん 【本年】	名 本年，今年 類 今年
1340 ☐	ほんの	連體 不過，僅僅，一點點 類 少し
ま 1341 ☐	まい 【毎】	接頭 每

1331
骨が折れる。
▶ 費力氣。

1332
ホラー映画は好きじゃありません。
▶ 不大喜歡恐怖電影。

1333
地震の被災地に大勢のボランティアが駆けつけた。
▶ 大批志工趕到了地震的災區。

1334
ポリエステルの服は汗をほとんど吸いません。
▶ 人造纖維的衣服幾乎都不吸汗。

1335
ぼろぼろな財布ですが、お気に入りのものなので捨てられません。
▶ 我的錢包雖然已經變得破破爛爛的了，可是因為很喜歡，所以捨不得丟掉。

1336
こちらが本日のお薦めのメニューでございます。
▶ 這是今日的推薦菜單。

1337
一ヶ月の本代は3000円ぐらいです。
▶ 我每個月大約花三千日圓買書。

1338
本人であることを確認してからでないと、書類を発行できません。
▶ 如尚未確認他是本人，就沒辦法發放這份文件。

1339
昨年はお世話になりました。本年もよろしくお願いいたします。
▶ 去年承蒙惠予照顧，今年還望您繼續關照。

1340
ほんの少ししかない。
▶ 只有一點點。

1341
毎朝、牛乳を飲む。
▶ 每天早上，喝牛奶。

ほ

1342 □ **T53**	マイク 【mike】	名 麥克風
1343 □	マイクロホン 【microphone】	名・自他サ 麥克風，話筒
1344 □	マイナス 【minus】	名・他サ （數）減，減法；減號，負數；負極； （溫度）零下 反 プラス 類 差し引く（さしひく）
1345 □	マウス 【mouse】	名 滑鼠；老鼠 類 ねずみ
1346 □	まえもって 【前もって】	副 預先，事先
1347 □	まかせる 【任せる】	他下一 委託，託付；聽任，隨意；盡力，盡量 類 委託（いたく）
1348 □	まく 【巻く】	自五・他五 形成漩渦；喘不上氣來；捲；纏繞； 上發條；捲起；包圍；（登山）迂迴繞過險 處；（連歌，俳諧）連吟 類 丸める
1349 □	まくら 【枕】	名 枕頭
1350 □	まけ 【負け】	名 輸，失敗；減價；（商店送給客戶的）贈品 反 勝ち 類 敗（はい）
1351 □	まげる 【曲げる】	他下一 彎，曲；歪，傾斜；扭曲，歪曲；改 變，放棄；（當舖裡的）典當；偷，竊 類 折る
1352 □	まご 【孫】	名・造語 孫子；隔代，間接

1342
彼は、カラオケでマイクを握ると夢中で歌い出す。
▶ 一旦他握起麥克風，就會忘我地開唱。

1343
声が聞きにくいので、マイクロホンを用いてください。
▶ 因為沒辦法清楚地聽到您的聲音，麻煩請使用麥克風。

1344
この問題は、わが社にとってマイナスになるに決まっている。
▶ 這個問題，對我們公司而言肯定是個負面影響。

1345
マウスを持ってくるのを忘れました。
▶ 我忘記把滑鼠帶來了。

1346
行こうと行くまいと、必ず前もって通知してください。
▶ 無論去或不去，請務必事先知會。

1347
この件については、あなたに任せます。
▶ 關於這一件事，就交給你了。

1348
紙を筒状に巻く。
▶ 把紙捲成筒狀。

1349
枕につく。
▶ 就寢，睡覺。

1350
今回は、私の負けです。
▶ 這次是我輸了。

1351
腰を曲げる。
▶ 彎腰。

1352
孫がかわいくてしょうがない。
▶ 孫子真可愛極了。

1353 ☐	まさか	副（後接否定語氣）絕不…，總不會…，難道；萬一，一旦 類 いくら何でも
1354 ☐	まざる 【混ざる】	自五 混雜，夾雜 類 混入（こんにゅう）
1355 ☐	まざる 【交ざる】	自五 混雜，交雜，夾雜 類 交じる（まじる）
1356 ☐	まし（な）	形動 強，勝過
1357 ☐	まじる 【混じる・交じる】	自五 夾雜，混雜；加入，交往，交際 類 混ざる（まざる）
1358 ☐	マスコミ 【mass communication之略】	名（透過報紙、廣告、電視或電影等向群眾進行的）大規模宣傳；媒體（「マスコミュニケーション」的簡稱）
1359 ☐	マスター 【master】	名・他サ 老闆；精通
1360 ☐	ますます 【益々】	副 越發，益發，更加 類 どんどん
1361 ☐	まぜる 【混ぜる】	他下一 混入；加上，加進；攪，攪拌 類 混ぜ合わせる
1362 ☐	まちがい 【間違い】	名 錯誤，過錯；不確實
1363 ☐	まちがう 【間違う】	他五・自五 做錯，搞錯；錯誤 類 誤る（あやまる）

1353
まさか彼が来るとは思わなかった。
▶ 萬萬也沒料到他會來。

1354
いろいろな絵の具が混ざって、不思議な色になった。
▶ 裡面夾帶著多種水彩，呈現出很奇特的色彩。

1355
ハマグリのなかにアサリが一つ交ざっていました。
▶ 在這鍋蚌的裡面摻進了一顆蛤蜊。

1356
もうちょっとましな番組を見たらどうですか。
▶ 你難道不能看比較像樣一些的電視節目嗎？

1357
ご飯の中に石が交じっていた。
▶ 米飯裡面摻雜著小的石子。

ま

1358
マスコミに追われているところを、うまく逃げ出せた。
▶ 順利擺脫了蜂擁而上的採訪媒體。

1359
日本語をマスターしたい。
▶ 我想精通日語。

1360
若者向けの商品が、ますます増えている。
▶ 迎合年輕人的商品是越來越多。

1361
ビールとジュースを混ぜるとおいしいです。
▶ 將啤酒和果汁加在一起很好喝。

1362
間違いを直す。
▶ 改正錯誤。

1363
緊張のあまり、字を間違ってしまいました。
▶ 太過緊張，而寫錯了字。

1364 □	まちがえる【間違える】	他下一 錯；弄錯
1365 □	まっくら【真っ暗】	名·形動 漆黑；（前途）黯淡
1366 □	まっくろ【真っ黒】	名·形動 漆黑，烏黑
1367 □	まつげ【まつ毛】	名 睫毛
1368 □ T54	まっさお【真っ青】	名·形動 蔚藍，深藍；（臉色）蒼白
1369 □	まっしろ【真っ白】	名·形動 雪白，淨白，皓白
1370 □	まっしろい【真っ白い】	形 雪白的，淨白的，皓白的
1371 □	まったく【全く】	副 完全，全然；實在，簡直；（後接否定）絕對，完全 類 少しも
1372 □	まつり【祭り】	名 祭祀；祭日，廟會祭典
1373 □	まとまる【纏まる】	自五 解決，商訂，完成，談妥；湊齊，湊在一起；集中起來，概括起來，有條理 類 調う（ととのう）
1374 □	まとめる【纏める】	他下一 解決，結束；總結，概括；匯集，收集；整理，收拾 類 整える（ととのえる）

1364
先生は、間違えたところを直してくださいました。
▶ 老師幫我訂正了錯誤的地方。

1365
真っ暗になる。
▶ 變得漆黑。

1366
日差しで真っ黒になった。
▶ 被太陽晒得黑黑的。

1367
まつ毛がよく抜けます。
▶ 我常常掉睫毛。

1368
真っ青な顔をしている。
▶ 變成鐵青的臉。

ま

1369
頭の中が真っ白になる。
▶ 腦中一片空白。

1370
真っ白い雪が降ってきた。
▶ 下起雪白的雪來了。

1371
全く知らない人だ。
▶ 素不相識的人。

1372
祭りに出かける。
▶ 去參加節日活動。

1373
意見がまとまり次第、政府に提出する。
▶ 等意見一致之後，再提交政府。

1374
クラス委員を中心に、意見をまとめてください。
▶ 請以班級委員為中心，整理一下意見。

1375 ☐	まどり 【間取り】	名 （房子的）房間佈局，採間，平面佈局
1376 ☐	マナー 【manner】	名 禮貌，規矩；態度舉止，風格 類 礼儀（れいぎ）
1377 ☐	まないた 【まな板】	名 切菜板
1378 ☐	まにあう 【間に合う】	自五 來得及，趕得上；夠用 類 役立つ（やくだつ）
1379 ☐	まにあわせる 【間に合わせる】	連語 臨時湊合，就將；使來得及，趕出來
1380 ☐	まねく 【招く】	他五 （搖手、點頭）招呼；招待，宴請；招 聘，聘請；招惹，招致 類 迎える（むかえる）
1381 ☐	まねる 【真似る】	他下一 模效，仿效 類 似せる
1382 ☐	まぶしい 【眩しい】	形 耀眼，刺眼的；華麗奪目的，鮮豔的，刺目 類 輝く（かがやく）
1383 ☐	まぶた 【瞼】	名 眼瞼，眼皮 類 眼瞼（がんけん）
1384 ☐	マフラー 【muffler】	名 圍巾；（汽車等的）滅音器
1385 ☐	まもる 【守る】	他五 保衛，守護；遵守，保守；保持（忠 貞）；（文）凝視 類 保護（ほご）

1375
このマンションは、間取りはいいですが、日当たりがよくない。
▶ 雖然這棟大廈的隔間還不錯，但是採光不太好。

1376
食事のマナーは国毎に違います。
▶ 各個國家的用餐禮儀都不同。

1377
プラスチックより木材のまな板のほうが好きです。
▶ 比起塑膠砧板，我比較喜歡木材砧板。

1378
タクシーに乗らなくちゃ、間に合わないですよ。
▶ 要是不搭計程車，就來不及了唷！

1379
心配いりません。提出締切日には間に合わせます。
▶ 不必擔心，我一定會在截止期限之前繳交的。

1380
大使館のパーティーに招かれた。
▶ 我受邀到大使館的派對。

1381
彼の声はとても不思議な声で、真似たくても真似ようがない。
▶ 他的聲音非常奇怪，就算想模仿也模仿不來。

1382
日の光が入ってきて、彼は眩しげに目を細めた。
▶ 陽光射進，他刺眼般地瞇起了眼睛。

1383
瞼を閉じると、思い出が浮かんできた。
▶ 闔上眼瞼，回憶則一一浮現。

1384
暖かいマフラーをくれた。
▶ 人家送了我暖和的圍巾。

1385
秘密を守る。
▶ 保密。

ま

1386 ☐	まゆげ 【眉毛】	名 眉毛
1387 ☐	まよう 【迷う】	自五 迷，迷失；困惑；迷戀；（佛）執迷； （古）（毛線、線繩等）絮亂，錯亂 反 悟る（さとる） 類 惑う（まどう）
1388 ☐	まよなか 【真夜中】	名 三更半夜，深夜 類 夜 反 真昼
1389 ☐	マヨネーズ 【mayonnaise】	名 美乃滋，蛋黃醬
1390 ☐	まる 【丸】	名・造語・接頭・接尾 圓形，球狀；句點；完全
1391 ☐	まるで	副（後接否定）簡直，全部，完全；好像，宛 如，恰如 類 さながら
1392 ☐	まわり 【回り】	名・接尾 轉動；走訪，巡迴；周圍；周，圈 類 身の回り
1393 ☐	まわり 【周り】	名 周圍，周邊 類 周囲（しゅうい）
1394 ☐	マンション 【mansion】	名 公寓大廈；（高級）公寓
1395 ☐	まんぞく 【満足】	名・自他サ・形動 滿足，令人滿意的，心滿意足； 滿足，符合要求；完全，圓滿 反 不満 類 満悦（まんえつ）
み 1396 ☐	みおくり 【見送り】	名 送行；靜觀，觀望；（棒球）放著好球不打 反 迎え 類 送る

T55

1386
□
息子の眉毛は主人にそっくりです。
▶ 兒子的眉毛和他爸爸長得一模一樣。

1387
□
山の中で道に迷う。
▶ 在山上迷路。

1388
□
大きな声が聞こえて、真夜中に目が覚めました。
▶ 我在深夜被提高嗓門說話的聲音吵醒了。

1389
□
マヨネーズはカロリーが高いです。
▶ 美奶滋的熱量很高。

1390
□
丸を書く。
▶ 畫圈圈。

1391
□
90歳の人からすれば、私はまるで孫のようなものです。
▶ 從90歲的人的眼裡來看，我宛如就像是孫子一般。

1392
□
日本の回りは全部海です。
▶ 日本四面環海。

1393
□
周りの人のことを気にしなくてもかまわない。
▶ 不必在乎周圍的人也沒有關係！

1394
□
高級マンションに住む。
▶ 住高級大廈。

1395
□
父はそれを聞いて、満足げにほほ笑みました。
▶ 父親聽到那件事，便滿足地微笑了一下。

1396
□
彼の見送り人は50人以上いた。
▶ 給他送行的人有50人以上。

1397 □	みかける【見掛ける】	他下一 看到，看出，看見；開始看
1398 □	みかた【味方】	名・自サ 我方，自己的這一方；夥伴
1399 □	ミシン【sewingmachine之略】	名 縫紉機
1400 □	ミス【Miss】	名 小姐，姑娘 類 嬢（じょう）
1401 □	ミス【miss】	名・自サ 失敗，錯誤，差錯 類 誤り（あやまり）
1402 □	みずたまもよう【水玉模様】	名 小圓點圖案
1403 □	みそしる【味噌汁】	名 味噌湯
1404 □	ミュージカル【musical】	名 音樂劇；音樂的，配樂的 類 芝居
1405 □	ミュージシャン【musician】	名 音樂家 類 音楽家
1406 □	みょう【明】	接頭 （相對於「今」而言的）明
1407 □	みょうごにち【明後日】	名 後天 類 明後日（あさって）

1397

あの赤い頭の人をよく駅で見かける。
▶ 常可在車站裡看到那個頂著一頭紅髮的人。

1398

いつも君の味方だ。
▶ 我永遠站在你這邊。

1399

ミシンで着物を縫い上げる。
▶ 用縫紉機縫好一件和服。

1400

ミス・ワールド日本代表に挑みたいと思います。
▶ 我想當世界小姐選美的日本代表。

1401

どんなに言い訳しようとも、ミスはミスだ。
▶ 不管如何狡辯，失誤就是失誤！

1402

娘は水玉模様の洋服を集めています。
▶ 女兒熱衷於蒐集圓點圖案的衣服。

1403

味噌汁を作る。
▶ 煮味噌湯。

1404

舞台よりミュージカルの方が好きです。
▶ 比起舞台劇表演，我比較喜歡看歌舞劇。

1405

小学校の同級生がミュージシャンになりました。
▶ 我有位小學同學成為音樂家了。

1406

明日のご予定は。
▶ 你明天的行程是？

1407

明後日は文化の日につき、休業いたします。
▶ 基於後天是文化日，歇業一天。

み

1408 ☐	みょうごねん 【明後年】	名 後年
1409 ☐	みょうじ 【名字・苗字】	名 姓，姓氏
1410 ☐	みょうねん 【明年】	名 明年 類 来年
1411 ☐	みらい 【未来】	名 將來，未來；（佛）來世
1412 ☐	ミリ 【(法)millimetre 之略】	造語・名 毫，千分之一；毫米，公厘
1413 ☐	みる 【診る】	他上一 診察
1414 ☐	ミルク 【milk】	名 牛奶；煉乳
1415 ☐	みんかん 【民間】	名 民間；民營，私營
1416 ☐	みんしゅ 【民主】	名 民主，民主主義
1417 ☐	むかい 【向かい】	名 正對面 類 正面（しょうめん）
1418 ☐	むかえ 【迎え】	名 迎接；去迎接的人；接，請 反 見送り（みおくり） 類 歓迎（かんげい）

む

1408
明後年は大学創立50周年です。
▶ 後年是大學創立五十週年。

1409
名字が変わる。
▶ 改姓。

1410
明年、祖母は100歳になります。
▶ 祖母明年就一百歲了。

1411
未来を予測する。
▶ 預測未來。

1412
1 時間 100 ミリの豪雨。
▶ 一小時下 100 毫米的雨。

み

1413
患者を診る。
▶ 看診。

1414
ミルクチョコレート。
▶ 牛奶巧克力。

1415
民間人。
▶ 民間老百姓。

1416
民主主義。
▶ 民主主義。

1417
向かいの家には、誰が住んでいますか。
▶ 誰住在對面的房子？

1418
迎えの車が、なかなか来ません。
▶ 接送的車遲遲不來。

1419 ☐ T56	むき【向き】	㊜ 方向；適合，合乎；認真，慎重其事；傾向，趨向；（該方面的）人，人們 ㊞ 方向（ほうこう）
1420 ☐	むく【向く】	㊐㊏ 朝，向，面；傾向，趨向；適合；面向，著 ㊞ 対する（たいする）
1421 ☐	むく【剥く】	㊏ 剝，削 ㊞ 薄く切る（うすくきる）
1422 ☐	むける【向ける】	㊐㊏ 向，朝，對；差遣，派遣；撥用，用在 ㊞ 差し向ける（さしむける）
1423 ☐	むける【剥ける】	㊐ 剝落，脫落
1424 ☐	むじ【無地】	㊜ 素色 ㊞ 地味（じみ）
1425 ☐	むしあつい【蒸し暑い】	㊡ 悶熱的 ㊞ 暑苦しい（あつくるしい）
1426 ☐	むす【蒸す】	㊏㊐ 蒸，熱（涼的食品）；（天氣）悶熱 ㊞ 蒸かす（ふかす）
1427 ☐	むすう【無数】	㊜㊟ 無數
1428 ☐	むすこさん【息子さん】	㊜（尊稱他人的）令郎 ㊂ お嬢さん ㊞ 令息（れいそく）
1429 ☐	むすぶ【結ぶ】	㊏㊐ 連結，繫結；締結關係，結合，結盟；（嘴）閉緊，（手）握緊 ㊂ 解く ㊞ 締結する（ていけつする）

1419
この雑誌は若い女性向きです。
▶ 這本雜誌是以年輕女性為取向。

1420
右を向く。
▶ 向右。

1421
りんごを剥いてあげましょう。
▶ 我替你削蘋果皮吧。

1422
銃を男に向けた。
▶ 槍指向男人。

1423
ジャガイモの皮が簡単にむける方法を知っていますか。
▶ 你知道可以輕鬆剝除馬鈴薯皮的妙招嗎？

1424
色を問わず、無地の服が好きだ。
▶ 不分顏色，我喜歡素面的衣服。

1425
昼間は蒸し暑いから、朝のうちに散歩に行った。
▶ 因白天很悶熱，所以趁早晨去散步。

1426
肉まんを蒸して食べました。
▶ 我蒸了肉包來吃。

1427
無数の星。
▶ 無數的星星。

1428
息子さんのお名前を教えてください。
▶ 請教令郎的大名。

1429
契約を結ぶのに先立ち、十分に話し合った。
▶ 在簽下合約前，我們有好好的溝通過。

む

1430 ☐	むだ【無駄】	名·形動 徒勞，無益；浪費，白費 類 無益（むえき）
1431 ☐	むちゅう【夢中】	名·形動 夢中，在睡夢裡；不顧一切，熱中，沉醉，著迷 類 熱中（ねっちゅう）
1432 ☐	むね【胸】	名 胸部；內心
1433 ☐	むらさき【紫】	名 紫，紫色；醬油；紫丁香
1434 ☐	めい【名】	名·接頭 知名…
1435 ☐	めい【名】	接尾 （計算人數）名，人
1436 ☐	めい【姪】	名 姪女，外甥女
1437 ☐	めいし【名刺】	名 名片 類 刺
1438 ☐	めいれい【命令】	名·他サ 命令，規定；（電腦）指令 類 指令（しれい）
1439 ☐	めいわく【迷惑】	名·自サ 麻煩，煩擾；為難，困窘；討厭，妨礙，打擾 類 困惑（こんわく）
1440 ☐	めうえ【目上】	名 上司；長輩 反 目下（めした） 類 年上

め

1430
彼を説得しようとしても無駄だよ。
▶ 你說服他是白費口舌的。

1431
競馬に夢中になる。
▶ 沈迷於賭馬。

1432
胸が痛む。
▶ 胸痛；痛心。

1433
好みの色は紫です。
▶ 喜歡紫色。

1434
東京の名物を教えてください。
▶ 請告訴我東京的名產是什麼。

む

1435
三名一組。
▶ 三個人一組。

1436
今日は姪の誕生日。
▶ 今天是姪子的生日。

1437
名刺交換会に出席した。
▶ 我出席了名片交換會。

1438
上司の命令には、従わざるをえません。
▶ 不得不遵從上司的命令。

1439
人に迷惑をかけるな。
▶ 不要給人添麻煩。

1440
目上の人に敬語を使うのが普通です。
▶ 一般來說對上司（長輩）講話時要用敬語。

1441 ☐	めくる 【捲る】	他五 翻，翻開；揭開，掀開
1442 ☐	メッセージ 【message】	名 電報，消息，口信；致詞，祝詞；（美國總統）咨文 類 伝言（でんごん）
1443 ☐	メニュー 【menu】	名 菜單
1444 ☐	メモリー・メモリ 【memory】	名 記憶，記憶力；懷念；紀念品；（電腦）記憶體 類 思い出
1445 ☐	めん 【綿】	名・漢造 棉，棉線；棉織品；綿長；詳盡；棉，棉花 類 木綿（もめん）
1446 ☐	めんきょ 【免許】	名・他サ （政府機關）批准，許可；許可證，執照；傳授秘訣 類 ライセンス
1447 ☐ T57	めんせつ 【面接】	名・自サ （為考察人品、能力而舉行的）面試，接見，會面 類 面会
1448 ☐	めんどう 【面倒】	名・形動 麻煩，費事；繁瑣，棘手；照顧，照料 類 厄介（やっかい）
1449 ☐	もうしこむ 【申し込む】	他五 提議，提出；申請；報名；訂購；預約 類 申し入れる（もうしいれる）
1450 ☐	もうしわけない 【申し訳ない】	寒暄 實在抱歉，非常對不起，十分對不起
1451 ☐	もうふ 【毛布】	名 毛毯，毯子

も

め

1441
彼女はさっきから見るともなしに、雑誌をぱらぱらめくっている。
▶ 她打從剛剛根本就沒在看雜誌，只是有一搭沒一搭地隨手翻閱。

1442
続きましては卒業生からのメッセージです。
▶ 接著是畢業生致詞。

1443
レストランのメニュー。
▶ 餐廳的菜單。

1444
メモリーが不足しているので、写真が保存できません。
▶ 由於記憶體空間不足，所以沒有辦法儲存照片。

1445
綿のセーターを探しています。
▶ 我在找棉質的毛衣。

1446
時間があるうちに、車の免許を取っておこう。
▶ 趁有空時，先考個汽車駕照。

1447
面接をしてみたところ、優秀な人材がたくさん集まりました。
▶ 舉辦了面試，結果聚集了很多優秀的人才。

1448
手伝おうとすると、彼は面倒げに手を振って断った。
▶ 本來要過去幫忙，他卻一副嫌礙事般地揮手說不用了。

1449
結婚を申し込む。
▶ 求婚。

1450
申し訳ない気持ちで一杯だ。
▶ 心中充滿歉意。

1451
毛布をかける。
▶ 蓋上毛毯。

1452 ☐	もえる 【燃える】	自下一 燃燒，起火；（轉）熱情洋溢，滿懷希望；（轉）顏色鮮明 類 燃焼する（ねんしょうする）
1453 ☐	もくてき 【目的】	名 目的，目標 類 目当て（めあて）
1454 ☐	もくてきち 【目的地】	名 目的地
1455 ☐	もしかしたら	連語・副 或許，萬一，可能，說不定 類 ひょっとしたら
1456 ☐	もしかして	連語・副 或許，可能 類 たぶん
1457 ☐	もしかすると	副 也許，或，可能 類 もしかしたら
1458 ☐	もち 【持ち】	接尾 負擔、持有、持久性
1459 ☐	もったいない	形 可惜的，浪費的；過份的，惶恐的，不敢當 類 残念（ざんねん）
1460 ☐	もどり 【戻り】	名 恢復原狀；回家；歸途
1461 ☐	もむ 【揉む】	他五 搓，揉；捏，按摩；（很多人）互相推擠；爭辯；（被動式型態）錘鍊，受磨練 類 按摩する（あんまする）
1462 ☐	もも 【股・腿】	名 股，大腿

1452
紙が燃える。
▶ 紙燃燒了起來。

1453
情報を集めるのが、彼の目的に決まっているよ。
▶ 他的目的一定是蒐集情報啊。

1454
目的地に着く。
▶ 抵達目的地。

1455
もしかしたら、貧血ぎみなのかもしれません。
▶ 可能有一點貧血的傾向。

1456
さっきの電話、もしかして伊藤さんからじゃないですか。
▶ 剛剛那通電話，該不會是伊藤先生打來的吧？

1457
もしかすると、手術をすることなく病気を治せるかもしれない。
▶ 或許不用手術就能治好病情也說不定。

1458
彼は妻子持ちだ。
▶ 他有家室。

1459
もったいないことに、残った食べ物は全部捨てるのだそうです。
▶ 真是浪費，聽說要把剩下來的食物全部丟掉的樣子。

1460
お戻りは何時ぐらいになりますか。
▶ 請問您大約什麼時候回來呢？

1461
肩をもんであげる。
▶ 我幫你按摩肩膀。

1462
膝が悪い人は、腿の筋肉を鍛えるとよいですよ。
▶ 膝蓋不好的人，鍛鍊腿部肌肉有助於復健喔！

1463 ☐	もやす 【燃やす】	他五 燃燒；（把某種情感）燃燒起來，激起 類 焼く（やく）
1464 ☐	もん 【問】	接尾 （計算問題數量）題
1465 ☐	もんく 【文句】	名 詞句，語句；不平或不滿的意見，異議 類 愚痴（ぐち）
1466 ☐	やかん 【夜間】	名 夜間，夜晚 類 夜
1467 ☐	やくす 【訳す】	他五 翻譯；解釋 類 翻訳する
1468 ☐	やくだつ 【役立つ】	自五 有用，有益 類 有益（ゆうえき）
1469 ☐	やくだてる 【役立てる】	他下一 （供）使用，使…有用 類 利用
1470 ☐	やくにたてる 【役に立てる】	慣 （供）使用，使…有用 類 有用（ゆうよう）
1471 ☐ T58	やちん 【家賃】	名 房租
1472 ☐	やぬし 【家主】	名 房東，房主；戶主 類 大家
1473 ☐	やはり・やっぱり	副 果然；還是，仍然 類 果たして（はたして）

や

1463
それを燃やすと、悪いガスが出るおそれがある。
▶ 燒那個的話，有可能會產生有毒氣體。

1464
5問のうち4問は正解だ。
▶ 五題中對四題。

1465
みんな文句を言いつつも、仕事をやり続けた。
▶ 大家雖邊抱怨，但還是繼續做工作。

1466
夜間は危険なので外出しないでください。
▶ 晚上很危險不要外出。

1467
英語を訳すことにかけては、誰にも負けません。
▶ 就翻譯英文這一點上，我絕不輸任何人。

も

1468
パソコンの知識が就職に非常に役立った。
▶ 電腦知識對就業很有幫助。

1469
これまでに学んだことを実社会で役立てて下さい。
▶ 請將過去所學到的知識技能，在真實社會裡充分展現發揮。

1470
社会の役に立てる会社を目指しています。
▶ 我們正努力使公司成為對社會有貢獻的企業。

1471
家賃が高い。
▶ 房租貴。

1472
うちの家主はとてもいい人です。
▶ 我們房東人很親切。

1473
やっぱり、がんばってみます。
▶ 我還是再努力看看。

1474 ☐	やね 【屋根】	名 屋頂
1475 ☐	やぶる 【破る】	他五 弄破；破壞；違反；打敗；打破（記錄） 類 突破する（とっぱする）
1476 ☐	やぶれる 【破れる】	自下一 破損，損傷；破壞，破裂，被打破；失敗 類 切れる（きれる）
1477 ☐	やめる 【辞める】	他下一 辭職；休學
1478 ☐	やや	副 稍微，略；片刻，一會兒 類 少し
1479 ☐	やりとり 【やり取り】	名・他サ 交換，互換，授受
1480 ☐	やるき 【やる気】	名 幹勁，想做的念頭
1481 ☐	ゆうかん 【夕刊】	名 晚報
1482 ☐	ゆうき 【勇気】	形動 勇敢 類 度胸（どきょう）
1483 ☐	ゆうしゅう 【優秀】	名・形動 優秀
1484 ☐	ゆうじん 【友人】	名 友人，朋友 類 友達

ゆ

1474
屋根から落ちる。
▶ 從屋頂掉下來。

1475
警官はドアを破って入った。
▶ 警察破門而入。

1476
上着がくぎに引っ掛かって破れた。
▶ 上衣被釘子鉤破了。

1477
仕事を辞める。
▶ 辭掉工作。

1478
スカートがやや短すぎると思います。
▶ 我覺得這件裙子有點太短。

1479
友達と手紙のやり取りをした。
▶ 和朋友保持通信聯繫。

1480
彼はやる気はありますが、実力がありません。
▶ 他雖然幹勁十足，但是缺乏實力。

1481
夕刊を購読する。
▶ 訂閱晚報。

1482
彼には、彼女に声をかける勇気はあるまい。
▶ 他大概沒有跟她講話的勇氣吧。

1483
優秀な人材。
▶ 優秀的人才。

1484
多くの友人に助けてもらいました。
▶ 我受到許多朋友的幫助。

1485 ☐	ゆうそう 【郵送】	名·他サ 郵寄 類 送る
1486 ☐	ゆうそうりょう 【郵送料】	名 郵費
1487 ☐	ゆうびん 【郵便】	名 郵政；郵件
1488 ☐	ゆうびんきょくいん 【郵便局員】	名 郵局局員
1489 ☐	ゆうり 【有利】	形動 有利
1490 ☐	ゆか 【床】	名 地板
1491 ☐	ゆかい 【愉快】	名·形動 愉快，暢快；令人愉快，討人喜歡；令人意想不到 類 楽しい
1492 ☐	ゆずる 【譲る】	他五 讓給，轉讓；謙讓，讓步；出讓，賣給；改日，延期 類 与える（あたえる）
1493 ☐	ゆたか 【豊か】	形動 豊富，寬裕；豊盈；十足，足夠 反 乏しい（とぼしい） 類 十分
1494 ☐	ゆでる 【茹でる】	他下一 （用開水）煮，燙
1495 ☐	ゆのみ 【湯飲み】	名 茶杯，茶碗 類 湯呑み茶碗

1485
プレゼントを郵送したところ、住所が違っていて戻ってきてしまった。
▶ 將禮物用郵寄寄出，結果地址錯了就被退了回來。

1486
速達で送ると、郵送料は高くなります。
▶ 如果以限時急件寄送，郵資會比較貴。

1487
郵便が来る。
▶ 寄來郵件。

1488
電話をすれば、郵便局員が小包を取りに来てくれますよ。
▶只要打個電話，郵差就會來取件代寄包裹喔。

1489
有利な情報。
▶ 有利的情報。

1490
床を拭く。
▶ 擦地板。

1491
お酒なしでは、みんなと愉快に楽しめない。
▶ 如果沒有酒，就沒辦法和大家一起愉快的享受。

1492
彼は老人じゃないから、席を譲ることはない。
▶ 他又不是老人，沒必要讓位給他。

1493
小論文のテーマは「豊かな生活について」でした。
▶短文寫作的題目是「關於豐裕的生活」。

1494
よく茹でて、熱いうちに食べてください。
▶ 請將這煮熟後，再趁熱吃。

1495
お茶を飲みたいので、湯飲みを取ってください。
▶ 我想喝茶，請幫我拿茶杯。

1496 □ T59	ゆめ 【夢】	名 夢；夢想 反 現実 類 ドリーム
1497 □	ゆらす 【揺らす】	他五 搖擺，搖動 類 動揺（どうよう）
1498 □	ゆるす 【許す】	他五 允許，批准；寬恕；免除；容許；承認；委託；信賴；疏忽，放鬆；釋放 反 禁じる 類 許可する
1499 □	ゆれる 【揺れる】	自下一 搖晃，搖動；躊躇 類 揺らぐ（ゆらぐ）
1500 □	よ 【夜】	名 夜、夜晚
1501 □	よい 【良い】	形 好的，出色的；漂亮的；（同意）可以
1502 □	よいしょ	感 （搬重物等吆喝聲）嘿咻
1503 □	よう 【様】	造語·漢造 樣子，方式；風格；形狀
1504 □	ようじ 【幼児】	名 學齡前兒童，幼兒 類 赤ん坊
1505 □	ようび 【曜日】	名 星期
1506 □	ようふくだい 【洋服代】	名 服裝費 類 衣料費

よ

1496
彼は、まだ甘い夢を見続けている。
▶ 他還在做天真浪漫的美夢！

1497
揺りかごを揺らすと、赤ちゃんが喜びます。
▶ 只要推晃搖籃，小嬰兒就會很開心。

1498
外出が許される。
▶ 准許外出。

1499
大きい船は、小さい船ほど揺れない。
▶ 大船不像小船那麼會搖晃。

1500
夏の夜は短い。
▶ 夏夜很短。

ゆ

1501
良い友に恵まれる。
▶ 遇到益友。

1502
「よいしょ」と立ち上がる。
▶ 一聲「嘿咻」就站了起來。

1503
様子。
▶ 樣子。

1504
私は幼児教育に従事している。
▶ 我從事於幼兒教育。

1505
今日、何曜日。
▶ 今天星期幾？

1506
子どもたちの洋服代に月2万円もかかります。
▶ 我們每個月會花高達兩萬日圓添購小孩們的衣物。

1507 □	よく 【翌】	漢造 次，翌，第二
1508 □	よくじつ 【翌日】	名 隔天，第二天 類 明日 反 昨日
1509 □	よせる 【寄せる】	自下一・他下一 靠近，移近；聚集，匯集，集中；加；投靠，寄身 類 近づく
1510 □	よそう 【予想】	名・自サ 預料，預測，預計 類 予測
1511 □	よのなか 【世の中】	名 人世間，社會；時代，時期；男女之情 類 世間（せけん）
1512 □	よぼう 【予防】	名・他サ 預防 類 予め（あらかじめ）
1513 □	よみ 【読み】	名 唸，讀；訓讀；判斷，盤算
1514 □	よる 【寄る】	自五 順道去…；接近 類 近寄る
1515 □	よろこび 【喜び】	名 高興，歡喜，喜悅；喜事，喜慶事；道喜，賀喜 反 悲しみ 類 祝い事（いわいごと）
1516 □	よわまる 【弱まる】	自五 變弱，衰弱
1517 □	よわめる 【弱める】	他下一 減弱，削弱

1507
☐

よくじつ きゅうじつ
翌日は休日。

▶ 隔天是假日。

1508
☐

かなら よくじつ じゅんび ね
必ず翌日の準備をしてから寝ます。

▶ 一定會先做好隔天出門前的準備才會睡覺。

1509
☐

とうろんかい さきだ みなさま いけん よ
討論会に先立ち、皆様の意見をお寄せください。

▶ 在討論會開始前，請先集中大家的意見。

1510
☐

もんだい はっせい よそう かた
こうした問題の発生は、予想するに難くない。

▶ 不難預測會發生這樣的問題。

1511
☐

よ なか うご ともな かんが かた か
世の中の動きに伴って、考え方を変えなければならない。

▶ 隨著社會的變化，想法也得要改變才行。

1512
☐

びょうき よぼう かん ほけんじょ き
病気の予防に関しては、保健所に聞いてください。

▶ 關於生病的預防對策，請你去問保健所。

1513
☐

よ かた
読み方。

▶ 唸法。

1514
☐

かれ かいしゃ かえ きっさてん よ
彼は、会社の帰りに喫茶店に寄りたがります。

▶ 他回公司途中總喜歡順道去咖啡店。

1515
☐

ちい わたし よろこ
どんなに小さいことにしろ、私たちには喜びです。

▶ 即使是再怎麼微不足道的事，對我們而言都是種喜悅。

1516
☐

あくせい つづ かいかく いし よわ
悪政が続き、改革の意志すら、弱まっている。

▶ 接二連三的錯誤政策，甚至逐漸削弱了改革意志。

1517
☐

みず りょう おお せんざい こうか よわ
水の量が多すぎると、洗剤の効果を弱めることになる。

▶ 如果水量太多，將會減弱洗潔劑的效果。

ら

1518 ☐	ら 【等】	接尾（表示複數）們；（同類型的人或物）等
1519 ☐	らい 【来】	接尾 以來
1520 ☐	ライター 【lighter】	名 打火機
1521 ☐ T60	ライト 【light】	名 燈，光
1522 ☐	らく 【楽】	名・形動・漢造 快樂，安樂，快活；輕鬆，簡單；富足，充裕 類 気楽（きらく）
1523 ☐	らくだい 【落第】	名・自サ 不及格，落榜，沒考中；留級 反 合格 類 不合格
1524 ☐	ラケット 【racket】	名（網球、乒乓球等的）球拍
1525 ☐	ラッシュ 【rush】	名（眾人往同一處）湧現；蜂擁，熱潮 類 混雑（こんざつ）
1526 ☐	ラッシュアワー 【rushhour】	名 尖峰時刻，擁擠時段
1527 ☐	ラベル 【label】	名 標籤，籤條
1528 ☐	ランチ 【lunch】	名 午餐

1518
君らは何年生？
▶ 你們是幾年級？

1519
10年来。
▶ 10年以來。

1520
ライターで火をつける。
▶ 用打火機點火。

1521
ライトを点ける。
▶ 點燈。

1522
生活が、以前に比べて楽になりました。
▶ 生活比過去快活了許多。

1523
彼は落第したので、悲しげなようすだった。
▶ 他因為落榜了，所以很難過的樣子。

1524
ラケットを張りかえた。
▶ 重換網球拍。

1525
28日ごろから帰省ラッシュが始まります。
▶ 從二十八號左右就開始湧現返鄉人潮。

1526
ラッシュアワーに遇う。
▶ 遇上交通尖峰。

1527
警告用のラベルを貼ったところで、事故は防げない。
▶ 就算張貼警告標籤，也無法防堵意外發生。

1528
ランチタイム。
▶ 午餐時間。

1529 □	らんぼう 【乱暴】	(名・形動・自サ) 粗暴，粗魯；蠻橫，不講理；胡來，胡亂，亂打人 (類) 暴行（ぼうこう）
1530 □	リーダー 【leader】	(名) 領袖，指導者，隊長
1531 □	りか 【理科】	(名) 理科（自然科學的學科總稱）
1532 □	りかい 【理解】	(名・他サ) 理解，領會，明白；體諒，諒解 (反) 誤解（ごかい） (類) 了解（りょうかい）
1533 □	りこん 【離婚】	(名・自サ)（法）離婚
1534 □	リサイクル 【recycle】	(名) 回收，（廢物）再利用
1535 □	リビング 【living】	(名) 起居間，生活間
1536 □	リボン 【ribbon】	(名) 緞帶，絲帶；髮帶；蝴蝶結
1537 □	りゅうがく 【留学】	(名・自サ) 留學
1538 □	りゅうこう 【流行】	(名・自サ) 流行，時髦，時興；蔓延 (類) はやり
1539 □	りょう 【両】	(漢造) 雙，兩

り

1529
彼の言い方は乱暴で、びっくりするほどだった。
▶ 他的講話很粗魯，嚴重到令人吃驚的程度。

1530
山田さんは登山隊のリーダーになった。
▶ 山田先生成為登山隊的隊長。

1531
理科系に進むつもりだ。
▶ 準備考理科。

1532
あなたの考えは、理解しがたい。
▶ 你的想法，我實在難以理解。

1533
二人は協議離婚した。
▶ 兩個人是調解離婚的。

1534
このトイレットペーパーは牛乳パックをリサイクルして作ったものです。
▶ 這種衛生紙是以牛奶盒回收再製而成的。

1535
伊藤さんのお宅のリビングには大きな絵が飾ってあります。
▶ 伊藤先生的住家客廳掛著巨幅畫作。

1536
リボンを付ける。
▶ 繫上緞帶。

1537
アメリカに留学する。
▶ 去美國留學。

1538
去年はグレーが流行したかと思ったら、今年はピンクですか。
▶ 還在想去年是流行灰色，今年是粉紅色啊？

1539
橋の両側。
▶ 橋樑兩側。

ら

1540 □	りょう 【料】	接尾 費用，代價
1541 □	りょう 【領】	名・接尾・漢造 領土；脖領；首領
1542 □	りょうがえ 【両替】	名・他サ 兌換，換錢，兌幣
1543 □	りょうがわ 【両側】	名 兩邊，兩側，兩方面 類 両サイド
1544 □	りょうし 【漁師】	名 漁夫，漁民 類 漁夫（ぎょふ）
1545 □	りょく 【力】	漢造 （也唸「りき」）力量
る 1546 □	ルール 【rule】	名 規章，章程；尺，界尺 類 規則（きそく）
1547 □	るすばん 【留守番】	名 看家，看家人
れ 1548 □ T61	れい 【礼】	名・漢造 禮儀，禮節，禮貌；鞠躬；道謝，致謝；敬禮；禮品 類 礼儀（れいぎ）
1549 □	れい 【例】	名・漢造 慣例；先例；例子
1550 □	れいがい 【例外】	名 例外 類 特別

1540
入場料。
にゅうじょうりょう
▶ 入場費用。

1541
北方領土。
ほっぽうりょう ど
▶ 北方領土。

1542
円をドルに両替する。
えん　　　　　　りょうがえ
▶ 日圓兌換美金。

1543
川の両側は崖だった。
かわ　りょうがわ　　がけ
▶ 河川的兩側是懸崖。

1544
漁師の仕事をしています。
りょう し　　し ごと
▶ 我從事漁夫的工作。

り

1545
実力がある。
じつりょく
▶ 有實力。

1546
外国人は、交通ルールを無視するきらいがある。
がいこくじん　　　　こうつう　　　　　　　む し
▶ 外國人具有漠視當地交通規則的傾向。

1547
留守番をする。
る す ばん
▶ 看家。

1548
いろいろしてあげたのに、礼さえ言わない。
れい　　い
▶ 我幫他那麼多忙，他卻連句道謝的話也不說。

1549
前例のない快挙。
ぜんれい　　　　かいきょ
▶ 破例的壯舉。

1550
例外に関しても、きちんと決めておこう。
れいがい　かん　　　　　　　　　　き
▶ 我們也來好好規範一下例外的處理方式吧。

1551	れいぎ 【礼儀】	⑧ 禮儀，禮節，禮法，禮貌 ⑲ 礼節（れいせつ）
1552	レインコート 【raincoat】	⑧ 雨衣
1553	レシート 【receipt】	⑧ 收據；發票 ⑲ 領収書（りょうしゅうしょ）
1554	れつ 【列】	⑧・漢造 列，隊列，隊；排列；行，列，級，排 ⑲ 行列（ぎょうれつ）
1555	れっしゃ 【列車】	⑧ 列車，火車 ⑲ 汽車
1556	レベル 【level】	⑧ 水平，水準；水平線；水平儀 ⑲ 平均、水準（すいじゅん）
1557	れんあい 【恋愛】	⑧・自サ 戀愛 ⑲ 恋
1558	れんぞく 【連続】	⑧・他サ・自サ 連續，接連 ⑲ 引き続く（ひきつづく）
1559	レンタル 【rental】	⑧ 出租，出賃；租金
1560	レンタルりょう 【rental料】	⑧ 租金 ⑲ 借り賃（かりちん）
1561	ろうじん 【老人】	⑧ 老人，老年人 ⑲ 年寄り（としより）

ろ

1551
彼は、外見に反して、礼儀正しい青年でした。
▶ 跟外表不同，其實是他是位端正有禮的青年。

1552
レインコートを忘れた。
▶ 忘了帶雨衣。

1553
レシートがあれば返品できますよ。
▶ 有收據的話就可以退貨喔。

1554
列が長いか短いかにかかわらず、私は並びます。
▶ 無論排隊是長是短，我都要排。

1555
列車に乗り遅れたにせよ、ちょっと来るのが遅すぎませんか。
▶ 就算你沒趕上火車，你是不是也來得太慢了點？

れ

1556
中国は生活のレベルが驚くほど高まってきた。
▶ 中國在生活水準有了驚人的提高。

1557
恋愛については彼は本当に鈍感きわまりない。
▶ 在戀愛方面他真的遲鈍到不行。

1558
わが社は、創立して以来、３年連続黒字である。
▶ 打從本公司創社以來，就連續了三年的盈餘。

1559
車をレンタルして、旅行に行くつもりです。
▶ 我打算租輛車去旅行。

1560
ウエディングドレスのレンタル料は一着15万円です。
▶ 結婚禮服的租借費是每套十五萬日圓。

1561
老人は楽しげに、「はっはっは」と笑った。
▶ 老人快樂地「哈哈哈」笑了出來。

1562	ローマじ 【Roma 字】	名 羅馬字，拉丁字母
1563	ろくおん 【録音】	名・他サ 録音
1564	ろくが 【録画】	名・他サ 録影
1565	ロケット 【rocket】	名 火箭發動機；（軍）火箭彈；狼煙火箭
1566	ロッカー 【locker】	名 （公司、機關用可上鎖的）文件櫃；（公共場所用可上鎖的）置物櫃，置物箱，櫃子
1567	ロック 【lock】	名・他サ 鎖，鎖上，閉鎖 類 鍵
1568	ロボット 【robot】	名 機器人；自動裝置；傀儡
1569	ろん 【論】	名 論，議論
1570	ろんじる・ろんずる 【論じる・論ずる】	他上一 論，論述，闡述 類 論争する（ろんそうする）
わ 1571	わ 【羽】	接尾 （數鳥或兔子）隻
1572	わ 【和】	名 和，人和；停止戰爭，和好

1562
□
ローマ字表。
▶ 羅馬字表。

1563
□
彼は録音のエンジニアだ。
▶ 他是錄音工程師。

1564
□
大河ドラマを録画しました。
▶ 我已經把大河劇錄下來了。

1565
□
ロケットで飛ぶ。
▶ 乘火箭飛行。

1566
□
ロッカーに入れる。
▶ 放進置物櫃裡。

ろ

1567
□
ロックが壊れて、事務所に入れません。
▶ 事務所的門鎖壞掉了，我們沒法進去。

1568
□
家事をしてくれるロボットがほしいです。
▶ 我想要一個會幫忙做家事的機器人。

1569
□
その論の立て方はおかしい。
▶ 那一立論方法很奇怪。

1570
□
事の是非を論じる。
▶ 論述事情的是非。

1571
□
鶏が一羽いる。
▶ 有一隻雞。

1572
□
平和主義。
▶ 和平主義。

1573 T62	ワイン 【wine】	名 葡萄酒；水果酒；洋酒
1574	わが 【我が】	連體 我的，自己的，我們的
1575	わがまま	名·形動 任性，放肆，肆意 類 自分勝手（じぶんかって）
1576	わかもの 【若者】	名 年輕人，青年 類 青年 反 年寄り
1577	わかれ 【別れ】	名 別，離別，分離；分支，旁系 類 分離（ぶんり）
1578	わかれる 【分かれる】	自下一 分裂；分離，分開；區分；劃分；區別
1579	わく 【沸く】	自五 煮沸，煮開；興奮 類 沸騰（ふっとう）
1580	わける 【分ける】	他下一 分，分開；區分；劃分；分配，分給； 分開，排開，擠開 類 分割する（ぶんかつする）
1581	わずか 【僅か】	副·形動（數量、程度、價值、時間等）很少， 僅僅；一點也（後加否定） 類 微か（かすか）
1582	わび 【詫び】	名 賠不是，道歉，表示歉意 類 謝罪（しゃざい）
1583	わらい 【笑い】	名 笑；笑聲；嘲笑、譏笑，冷笑 類 微笑み（ほほえみ）

1573
ワイングラスを傾（かたむ）ける。
▶ 酒杯傾斜。

1574
我（わ）が国（くに）。
▶ 我國。

1575
あなたがわがままなことを言（い）わないかぎり、彼（かれ）は怒（おこ）りませんよ。
▶ 只要你不說些任性的話，他就不會生氣。

1576
最近（さいきん）、若者（わかもの）たちの間（あいだ）で農業（のうぎょう）の人気（にんき）が高（たか）まっている。
▶ 最近農業在年輕人間很受歡迎。

1577
別（わか）れが悲（かな）しくて、泣（な）かずにはいられなかった。
▶ 離別過於悲傷，忍不住地哭了出來。

1578
意見（いけん）が分（わ）かれる。
▶ 意見產生分歧。

1579
お湯（ゆ）が沸（わ）いたから、ガスをとめてください。
▶ 水煮開了，請把瓦斯關掉。

1580
5回（かい）に分（わ）けて支払（しはら）う。
▶ 分五次支付。

1581
貯金（ちょきん）があるといっても、わずか20万円（まんえん）にすぎない。
▶ 雖說有存款，但也只不過是僅僅的20萬日圓而已。

1582
丁寧（ていねい）なお詫（わ）びの言葉（ことば）をいただいて、却（かえ）って恐縮（きょうしゅく）いたしました。
▶ 對方畢恭畢敬的賠禮，反倒讓我不敢當。

1583
おかしくて、笑（わら）いが止（と）まらないほどだった。
▶ 實在是太好笑了，好笑到停不下來。

1584 ☐	わり 【割り・割】	造語 分配；（助數詞用）十分之一，一成；比例；得失 類 パーセント
1585 ☐	わりあい 【割合】	名 比例；比較起來 類 比率（ひりつ）
1586 ☐	わりあて 【割り当て】	名 分配，分擔
1587 ☐	わりこむ 【割り込む】	自五 擠進，插隊；闖進；插嘴
1588 ☐	わりざん 【割り算】	名（算）除法 類 掛け算
1589 ☐	わる 【割る】	他五 打，劈開；用除法計算
1590 ☐	わん 【湾】	名 灣，海灣
1591 ☐	わん 【椀・碗】	名 碗，木碗；（計算數量）碗

1584
☐ いくら４割引きとはいえ、やはりブランド品は高い。
▶ 即使已經打了四折，名牌商品依然非常昂貴。

1585
☐ 肥満だとガン死の割合が高い。
▶ 肥胖的人死於癌症的機率較高。

1586
☐ 仕事の割り当てをする。
▶ 分派工作。

1587
☐ 列に割り込んできた。
▶ 插隊進來了。

1588
☐ 小さな子どもに、割り算は難しいよ。
▶ 對年幼的小朋友而言，除法很難。

1589
☐ 卵を割る。
▶ 打破蛋。

1590
☐ 東京湾に、船がたくさん停泊している。
▶ 東京灣裡停靠著許多船隻。

1591
☐ 一椀の吸い物。
▶ 一碗日式清湯。

わ

MEMO

日語單字自學

中高階版 Step 3

第一回　新制日檢模擬考題
第二回　新制日檢模擬考題
第三回　新制日檢模擬考題

＊以「國際交流基金日本國際教育支援協會」的「新しい『日本語能力試驗』ガイドブック」為基準的三回「文字・語彙　模擬考題」

問題1　漢字讀音問題 應試訣竅

　　這道題型要考的是漢字讀音問題，出題形式改變了一些，但考點是一樣的。問題預估為8題。

　　漢字讀音分音讀跟訓讀，預估音讀跟訓讀將各佔一半的分數。音讀中要注意的有濁音、長短音、促音、撥音…等問題。而日語固有讀法的訓讀中，也要注意特殊的讀音單字。當然，發音上有特殊變化的單字，出現比率也不低。我們歸納分析一下：

1. 音讀：接近國語發音的音讀方法。如：「花」唸成「か」、「犬」唸成「けん」。

2. 訓讀：日本原來就有的發音。如：「花」唸成「はな」、「犬」唸成「いぬ」。

3. 熟語：由兩個以上的漢字組成的單字。如：練習、切手、每朝、見本等。

　　　　其中還包括日本特殊的固定讀法，就是所謂的「熟字訓読み」。如：「小豆」（あずき）、「土産」（みやげ）、「海苔」（のり）等。

4. 發音上的變化：字跟字結合時，產生發音上變化的單字。如：春雨（はるさめ）、反応（はんのう）、酒屋（さかや）等。

問題1 ＿＿＿＿のことばの読み方として最もよいものを１・２・３・４から
　　　　一つ選びなさい。

1 ここの景色は、いつ見ても最高です。
　　1 けいいろ　　　　2 けいしょく　　　3 けしき　　　　4 けいしき

2 伊藤さんは非常に熱心に発音のれんしゅうをしています。
　　1 ひじょう　　　　2 ひじょお　　　　3 ひじょ　　　　4 ひしょう

3 私が納得し得る説明をしてくださいませんか。
　　1 なつとく　　　　2 のうとく　　　　3 なとく　　　　4 なっとく

4 医学に興味がありますが、医学部入るのはとてもむずかしいです。
　　1 きょおみ　　　　2 きょふみ　　　3 きょうみ　　　4 きょみ

5 会社の周りはちかてつもあり、交通がとても便利です。
　　1 まはり　　　　　2 まわり　　　　　3 まはあり　　　4 まわあり

6 優勝を祝って、チームのみんなと乾杯しました。
　　1 さわって　　　　2 うたって　　　　3 あたって　　　4 いわって

7 警察にもきかれましたが、あのお嬢さんとわたしは何の関係もありません。
　　1 おしょうさん　　2 おぼうさん　　　3 おひめさん　　4 おじょうさん

8 タクシーの運転手さんに住所をいい間違えた。
　　1 まちかえた　　　2 まてがえた　　　3 まちがえた　　　4 までがえた

問題2 漢字書寫問題 應試訣竅

　　這道題型要考的是漢字書寫問題，出題形式改變了一些，但考點是一樣的。問題預估為6題。

　　這道題要考的是音讀漢字跟訓讀漢字，預估將各佔一半的分數。音讀漢字考點在識別詞的同音異字上，訓讀漢字考點在掌握詞的意義，及該詞的表記漢字上。

　　解答方式，首先要仔細閱讀全句，從句意上判斷出是哪個詞，浮想出這個詞的表記漢字，確定該詞的漢字寫法。也就是根據句意確定詞，根據詞意來確定字。如果只看畫線部分，很容易張冠李戴，要小心喔。

問題2 ＿＿＿のことばを漢字で書くとき、最もよいものを１・２・３・４から一つ選びなさい。

9 われわれは<u>しぜん</u>の恩恵を受けて生きているのだから、感謝しなければなりません。

1 天然　　　　　2 自然　　　　　3 天燃　　　　　4 自燃

10 今日からタイプを<u>とくべつ</u>練習することにしました。

1 得別　　　　　2 特別　　　　　3 侍別　　　　　4 特另

11 夏休みの<u>けいかく</u>については、あとでお父さんと相談します。

1 計画　　　　　2 什画　　　　　3 辻画　　　　　4 汁画

12 陽気で誰とでもすぐに仲良くなれる子だから、ここを<u>はなれて</u>も笑顔でやっていくでしょう。

1 遠れて　　　　2 別れて　　　　3 離れて　　　　4 隔れて

13 発想の<u>ゆたかな</u>人が周りにいると、良い刺激をうけることができる。

1 豊　　　　　　2 豊な　　　　　3 豊かな　　　　4 豊たかな

14 ３年生の学生は２時になったら講堂に<u>あつまって</u>ください。

1 集まって　　　2 寄まって　　　3 合まって　　　4 群って

　　這道題型要考的是選擇符合文脈的詞彙問題。這是延續舊制的出題方式，問題預估為11題。

　　這道題主要測試考生是否能正確把握詞義，如類義詞的區別運用能力，及能否掌握日語的獨特用法或固定搭配等等。預測名詞、動詞、形容詞、副詞的出題數都有一定的配分。另外，外來語也估計會出一題，要多注意。

　　由於我們的國字跟日本的漢字之間，同形同義字占有相當的比率，這是我們得天獨厚的地方。但相對的也存在不少的同形不同義的字，這時候就要注意，不要太拘泥於國字的含義，而混淆詞義。應該多從像「自覚が足りない」（覺悟不夠）、「絶対安静」（得多靜養）、「口が堅い」（口風很緊）等日語固定的搭配，或獨特的用法來做練習才是。這樣才能加深對詞義的理解、並達到豐富詞彙量的目的。

問題3　（　　　　　　）に入れるのに最もよいものを、１・２・３・４から一つ選びなさい。

15　退職したら、田舎に帰って（　　　　）した生活を送りたい。
　　1　のんびり　　　　2　のろのろ　　　3　まごまご　　　4　うっかり

16　おとうさんは50歳をすぎてからだんだん（　　　）だしました。
　　1　増え　　　　　2　太り　　　　　3　壊れ　　　　　4　足り

17　教会に（　　　　）つづけて、もう15年になります。
　　1　むかえ　　　　2　かよい　　　　3　けいけんし　　4　とおり

18　ストレスが（　　　）と、体に色々な症状が出てきます。
　　1　ためる　　　　2　とどまる　　　3　たまる　　　　4　たくわえる

19 きょうは寒いので（　　）にします。
　　1　スリッパ　　　　2　セーター　　　　3　サンダル　　　4　ガソリン

20 母への（　　）を選び終わったら、食事にしましょうか。
　　1　コンサート　　　2　プレゼント　　　3　グラム　　　　4　エレベーター

21 うちの猫は暗くてせまいところに入りたがりますが、（　　）ですか。
　　1　りゆう　　　　　2　げんいん　　　　3　なぜ　　　　　4　わけ

22 夫婦として（　　）やっていくにはどうすればいいのでしょうか。
　　1　うまく　　　　　2　あまく　　　　　3　ほしく　　　　4　すごく

23 家族で（　　）が見えるホテルに泊まろうと思う。
　　1　おみやげ　　　　2　もめん　　　　　3　みずうみ　　　4　いっぱん

24 （　　）を送ったのに、届いていなかったようです。
　　1　いいわけ　　　　2　でんごん　　　　3　でんわ　　　　4　でんぽう

25 半分も使わずに捨ててしまうなんて、（　　）といったらないですよ。
　　1　でたらめ　　　　2　のろい　　　　　3　やかましい　　4　もったいない

這道題型要考的是替換同義詞的問題，這是延續舊制的出題方式，問題預估為5題。

這道題的題目會給一個較難的詞彙，請考生從四個選項中，選出意思相近的詞彙來。選項中的詞彙一般比較簡單。也就是把難度較高的詞彙，改成較簡單的詞彙。

預測名詞、動詞、形容詞、副詞的出題數都有一定的配分。另外，外來語估計也會出一題，要多注意。

針對這道題，準備的方式是，將詞義相近的字一起記起來。這樣，透過聯想記憶來豐富詞彙量，並提高答題速度。

問題4　＿＿＿のことばに最も近いものを、１・２・３・４から一つ選びなさい。

26 時々寒い日があるので、まだストーブは<u>しまって</u>いません。
　　1　つかって　　　　2　もちいて　　　3　かたづけて　　4　すませて

27 伊藤さんのコミュニケーションの技術は<u>大したもの</u>だ。
　　1　おおきい　　　　2　すごい　　　　3　じゅうぶん　　4　いだい

28 先輩として<u>アドバイス</u>するとしたら、みなさんにはぜひ柔軟性を身につけてほしいですね。
　　1　責任　　　　　　2　忠告　　　　　3　指導　　　　　4　説明

29 この広告の主な<u>狙い</u>は、若者の関心を引くことにあります。
　　1　役割　　　　　　2　目標　　　　　3　役目　　　　　4　目的

30 どういう状況でけがをしたのか、<u>おおよその</u>様子を話してください。
　　1　はっきりとした　2　だいたいの　　3　ほぼの　　　　4　本当の

這道題型要考的是判斷詞彙正確用法的問題，這是延續舊制的出題方式，問題預估為5題。

詞彙在句子中怎樣使用才是正確的，是這道題主要的考點。預測名詞、動詞、形容詞、副詞的出題數都有一定的配分。名詞以2個漢字組成的詞彙為主，動詞有漢字跟純粹假名的，副詞就舊制的出題形式來看，也有一定的比重。

針對這一題型，該怎麼準備呢？方法是，平常背詞彙的時候，多看例句，多唸幾遍例句，最好是把單字跟例句一起背起來。這樣，透過仔細觀察單字在句中的用法與搭配的形容詞、動詞、副詞…等，可以有效增加自己的「日語語感」。而該詞彙是否適合在該句子出現，很容易就能感覺出來了。

問題5　つぎのことばの使い方として最もよいものを、1・2・3・4から一つ選びなさい。

31　かみ

1　かみがずいぶん長くなったので、切ろうと思います。

2　ご飯を食べた後はかみをきれいに磨きます。

3　小さいごみがかみに入って、痛いです。

4　風邪を引かないように家に着いたら、かみを洗いましょう。

32　ひろう

1　鈴木さんがかわいいギターを私にひろいました。

2　学校へ行く途中500円ひろいました。

3　いらなくなった本は友達にひろいます。

4　燃えないごみは火曜日の朝にひろいます。

33 たおれる

1 今日は道が<u>たおれ</u>やすいので、気をつけてね。

2 高校の横の大きな木が<u>たおれ</u>ました。

3 コンピューターが水に濡れて<u>たおれ</u>てしまいました。

4 消しゴムが机から<u>たおれ</u>ました。

34 もっとも

1 意見を言っても、<u>もっとも</u>聞いてもらえないなら、言うだけ無駄でしょう。

2 <u>もっとも</u>だから、普段あまり食べられないものをいただきましょうよ。

3 冷静に考えれば、彼女が反発を覚えるのも<u>もっとも</u>です。

4 日帰り旅行でも、家族と一緒に行ければ、それだけで<u>もっとも</u>嬉しいです。

35 少なくとも

1 この対策で<u>少なくとも</u>効果が出るとは限らない。

2 事件の影響を受けて、<u>少なくとも</u>5000万円の損失が見込まれている。

3 人気の俳優が出演していると言っても、<u>少なくとも</u>面白い作品だろう。

4 彼は製品の特徴どころか、<u>少なくとも</u>商品名さえ覚えていない。

問題1　_____のことばの読み方として最もよいものを１・２・３・４から
　　　　一つ選びなさい。

1 あには<u>政治</u>や法律を勉強しています。
　1　せいじ　　　　　2　せえじ　　　　3　せっじ　　　　4　せじ

2 <u>信用</u>していたからこそ、裏切られた悲しみが、次第に恨みにかわっていっ
た。
　1　しんよう　　　　2　しよう　　　　3　しいよう　　　　4　しうよう

3 どういうわけか<u>夜間</u>のほうが日中より集中して、暗記することができます。
　1　やま　　　　　　2　よるま　　　　3　やかん　　　　4　よるかん

4 警官に<u>事故</u>のことをいろいろ話しました。
　1　じこう　　　　　2　じっこ　　　　3　じこ　　　　　4　じこお

5 火事の<u>原因</u>は煙草だと分かりました。
　1　げえいん　　　　2　げんいん　　　3　げへいん　　　4　げえい

6 朝から<u>首</u>の具合がわるいので、病院に行きたいです。
　1　くび　　　　　　2　ぐび　　　　　3　くひ　　　　　4　ぐひ

7 引っ越し会社の工員から上手な運搬の方法を<u>教わった</u>ところです。
　1　おさわった　　　2　おしわった　　3　おせわった　　4　おそわった

8 社長からの贈り物は今夜<u>届く</u>ことになっています
　1　ととく　　　　　2　どどく　　　　3　どとく　　　　4　とどく

問題 2　_____のことばを漢字で書くとき、最もよいものを 1・2・3・4
　　　　から一つ選びなさい。

9　台風のせいで水道も<u>でんき</u>もとまってしまいました。
　1　電池　　　　　　2　電気　　　　　3　電機　　　　4　電器

10　送別会が始まると同時に、卒業生が立ち上がって、先生に向かって<u>おじぎ</u>を
　　　した。
　1　お辞儀　　　　　2　お自儀　　　　3　お辞義　　　4　お辞議

11　作品ごとに<u>くべつ</u>して、書道はこちら、彫刻はあちらに展示しています。
　1　区別　　　　　　2　区分　　　　　3　工別　　　　4　工分

12　<u>まぶた</u>を閉じると、悲劇がまるで昨日のことのように浮かんできます。
　1　瞳　　　　　　　2　目　　　　　　3　眼　　　　　4　瞼

13　私の家では夕食の時間は 8 時と<u>きまっています</u>。
　1　決っています　　　　　　　　　2　決ています
　3　決まっています　　　　　　　　4　決めています

14　太鼓のリズムに合わせて、幕が少しずつ<u>おろされ</u>ます。
　1　垂ろされ　　　　2　下ろされ　　　3　落ろされ　　　4　卸ろされ

問題3 （　　　　）に入れるのに最もよいものを、1・2・3・4から一
　　　　 つ選びなさい。

15 台風のせいで、水は止まるし、（　　　　）し、散々な一日でした。
　1　ていしゃする　　　2　ていしする　　　3　ていでんする　4　きゅうがくする

16 勉強しているところ、（　　　　）してすみません。
　1　不便　　　　　　　2　適当　　　　　　　3　邪魔　　　　　　4　複雑

17 珍しいものがたくさん展示してあると聞いたので、ちょっと（　　　　）させ
　てくださいませんか。
　1　紹介　　　　　　　2　拝見　　　　　　　3　案内　　　　　　4　用意

18 どこからかパンを（　　　　）匂いがします。
　1　やける　　　　　　2　かわく　　　　　　3　わかす　　　　　4　やく

19 部品に問題があることが分かったので、発売日が（　　　　）ことになりまし
　た。
　1　変化する　　　　　2　変化される　　　　3　変更する　　　4　変更される

20 どの（　　　　）を使うか今日中に決めなくちゃいけない。
　1　アルバイト　　　　2　テキスト　　　　　3　サンドイッチ　　4　テスト

21 今から明日提出する（　　　　）の資料をさがして、まとめないといけませ
　ん。
　1　レポート　　　　　2　リード　　　　　　3　クリーニング　　4　サイン

22 学ぶことの（　　　）がやっと分かってきました。

1 おかしさ　　　　2 たのしさ　　　3 さびしさ　　　4 うまさ

23 こんな平和な時代に、（　　　）戦争が起きるなんて、夢にも思わなかった。

1 まさか　　　　　2 もしかすると　　3 まさに　　　　4 さすが

24 出かけようと思っていたところ、私の（　　　）がお腹が痛いといいだした。

1 むすめ　　　　　2 じんこう　　　3 ぼく　　　　　4 ひと

25 彼女ができてからというもの、山田君はずいぶん（　　　）が悪くなった。

1 交際　　　　　　2 付き合い　　　3 往復　　　　　4 交流

問題4 _____ のことばに最も近いものを、1・2・3・4から一つ選びなさい。

26 幼稚園児にはこのスカートはやや大きい。
　　1　ずいぶん　　　　2　かなり　　　　3　少し　　　　4　相当

27 冷ましてから食べた方が、味が良く染みておいしいですよ。
　　1　こごえて　　　　2　ふるえて　　　　3　こおらせて　　4　つめたくして

28 野球の場内アナウンスをやらせてもらいました。
　　1　案内　　　　　　2　放送　　　　　　3　警備　　　　　4　裁判

29 プールに入る人は、壁に貼ってある決まりを守らなければいけません。
　　1　義務　　　　　　2　決定　　　　　　3　注文　　　　　4　規則

30 小犬がしきりに足を動かしている。
　　1　たちまち　　　　2　ごういんに　　　3　そっと　　　　4　絶えず

つぎのことばの使い方として最もよいものを、1・2・3・4から
一つ選びなさい。

31 おれい

1 すみません。私の間違いでした。ここに<u>おれい</u>させていただきます。

2 合格できたのはあなたのおかげです。ぜひ<u>おれい</u>させてください。

3 駅まで鈴木さんを<u>おれい</u>にいってきます。

4 事故にあった友人の<u>おれい</u>に病院へ行きます。

32 つつむ

1 そこにある野菜を全部なべに<u>つつんでください</u>。

2 旅行の荷物は全部かばんに<u>つつみましょうね。</u>

3 プレゼントをきれいな紙で<u>つつみました</u>。

4 お店の品物は棚に<u>つつんで</u>あります。

33 あく

1 水曜日なら時間が<u>あいて</u>います。

2 お腹がとても<u>あいたので</u>、なにか食べたいです。

3 テストの点数が<u>あいたので</u>お母さんに怒られました。

4 風邪を引いてすこし<u>あいて</u>しまったようです。

34 果たして

1 吹雪は今夜から<u>果たして</u>ひどくなるでしょう。

2 教授の指示通りにすれば、実験が<u>果たして</u>成功するはずです。

3 摂取するカロリーを制限して、夏までに体重を<u>果たして</u>45キロにします。

4 この成績で<u>果たして</u>希望する大学に合格できるのだろうか。

35 ますます

1 映画館の入り口でますます大学時代の友人に会って、びっくりしました。

2 機器を最新のものに取り換えたおかげで、ますます仕事の効率が上がりました。

3 10時間に及んだ手術がますます終了するそうです。

4 種を植えて、大切に育てたトマトを昨日ますます収穫しました。

問題1 ＿＿＿＿＿のことばの読み方として最もよいものを1・2・3・4から一つ選びなさい。

1 30歳という年齢の割に、彼は驚くほど幼稚です。

1　ようぢ　　　　　2　ようち　　　　　3　よおち　　　　　4　よっち

2 さきほどの手品は誰にも真似できない高度なものだそうです。

1　まに　　　　　　2　しんに　　　　　3　もことに　　　　4　まね

3 どうやら希望したとおり、薬局に就職することができそうです。

1　しゅしょく　　　2　しゅうじょく　　3　しゅうしょく　　4　しゅっしょく

4 経済のことなら伊藤さんに伺ってください。彼の専門ですから。

1　せんも　　　　　2　せえもん　　　　3　せいもん　　　　4　せんもん

5 世界のいろんなところで戦争があります。

1　せんそお　　　　2　せんぞう　　　　3　せんそう　　　　4　せんそ

6 母が郵送してくれた箱の中身は、産地直送の果実でした。

1　なかしん　　　　2　ちゅうしん　　　3　なかみ　　　　　4　ちゅうみ

7 母は隣の寺の木を大切に育てています。

1　おてら　　　　　2　てら　　　　　　3　おでら　　　　　4　おってら

8 大きな鏡が応接間のよこにかけてあります。

1　がかみ　　　　　2　かかみ　　　　　3　かがみ　　　　　4　かっかみ

問題2 ＿＿＿のことばを漢字で書くとき、最もよいものを 1・2・3・4 から一つ選びなさい。

9 芝居があまりに下手だったので、盛り上がるはずの<u>ばめん</u>も静かなものでした。
　1　場面　　　　　　2　馬面　　　　3　場緬　　　　4　場所

10 <u>おしょうがつ</u>には食卓にお餅が上ります。
　1　お明月　　　　　2　お正月　　　3　お疋月　　　4　お互月

11 この1ヶ月の間に<u>たいじゅう</u>が5キロも増加してしまいました。
　1　体積　　　　　　2　体重　　　　3　休重　　　　4　体薫

12 大きな地震がおきて、たくさんの家が<u>こわれました</u>。
　1　損れました　　　2　壊れました　3　破れました　4　障れました

13 このままだと、弟に<u>おいこされて</u>しまうんじゃないかしら。
　1　抜越されて　　　2　追い越されて　3　通り越されて　4　追い超されて

14 <u>いなか</u>のほうが都会より安全といえますか。
　1　田舎　　　　　　2　村里　　　　3　田園　　　　4　港町

問題3 （　　　　　）に入れるのに最もよいものを、1・2・3・4から一
　　　　つ選びなさい。

15 ざんねんですが、入学説明会へのしゅっせきは（　　　　）させていただきま
　　　す。
　　　1　遠慮　　　　　　2　考慮　　　　　3　利用　　　　　4　心配

16 忘れたいことを（　　　　）しまった。
　　　1　起こして　　　　2　捕まえて　　　3　思って　　　　4　思い出して

17 古いカメラですが、（　　　　）するまで使いつづけるつもりです。
　　　1　しっぱい　　　　2　ゆしゅつ　　　3　りよう　　　　4　こしょう

18 もしあと1時間遅く病院についていたら、（　　　　）でしょうと言われまし
　　　た。
　　　1　助からなかった　2　助けなかった　3　望めなかった　4　望まなかった

19 おにぎりを作るご飯はもう（　　　　）ある？
　　　1　ゆでて　　　　　2　炊いて　　　　3　煮て　　　　　4　焦げて

20 高校生になったら（　　　　）をしたいとかんがえています。
　　　1　オートバイ　　　2　アルバイト　　3　テキスト　　　4　テニスコート

21 明日の待ち合わせ場所は駅の改札にしますか。それとも（　　　　）にします
　　　か。
　　　1　プラスチック　　　　　　　　2　プラットホーム
　　　3　パターン　　　　　　　　　　4　セメント

22 こちらが今日の（　　　）メニューでございます。

　1　しんせつ　　　　　2　だいじ　　　　　3　とくべつ　　　　4　じゅうぶん

23 注意しても（　　　）親のいうことを聞きません。

　1　きっと　　　　　　2　ちっとも　　　　3　だいたい　　　　4　とうとう

24 娘は反抗期に入ったのか、あれがいい、これが嫌だと（　　　）を言うように
　なりました。

　1　皮肉　　　　　　　2　問い　　　　　　3　わがまま　　　　4　独り言

25 私が手を振って（　　　）したら、撮影を開始してください。

　1　看板　　　　　　　2　合図　　　　　　3　目印　　　　　　4　標識

問題4 ＿＿＿＿のことばに最も近いものを、1・2・3・4から一つ選びなさい。

26 もし遠足が延期になったら、それはそれでやっかいだ。
　　1 からっぽ　　　　2 いたずら　　　　3 いじわる　　　　4 めんどう

27 春から転勤されることは、鈴木より承っております。
　　1 係って　　　　　2 話して　　　　　3 聞いて　　　　　4 拝んで

28 スポーツでプロ選手とアマチュア選手の違いってどこだと思いますか。
　　1 専門家　　　　　2 達人　　　　　　3 玄人　　　　　　4 愛好家

29 こういう柄のシャツは珍しいから、少しぐらい高くても買いたいです。
　　1 色　　　　　　　2 模様　　　　　　3 スタイル　　　　4 様子

30 何度も話し合いを重ねて、ようやく計画の方向が見えてきました。
　　1 たちまち　　　　2 おそらく　　　　3 やっと　　　　　4 きっと

問題5　つぎのことばの使い方として最もよいものを、1・2・3・4から
　　　　一つ選びなさい。

31　したぎ
　1　したぎの下にセーターを着るとあたたかいです。
　2　太陽が強い日はしたぎをかぶりなさい。
　3　したぎを右と左、はき間違えました。
　4　したぎは毎日かえなさい。

32　たな
　1　すみません、たなからお茶碗をとってくれませんか。
　2　スーパーで買ってきたお肉やお魚はたなに入れてあります。
　3　どうぞたなに座ってゆっくりしてください。
　4　ご飯ができましたから、たなに運んでいただきましょう。

33　ふえる
　1　よく食べるので、だんだん体がふえてきました。
　2　成績がふえたのでお父さんが褒めてくれました。
　3　政治に興味がない人がふえています。
　4　最近ガソリンの値段がふえました。

34　所々
　1　長い間休んでいないので、今月は休暇を所々とることにします。
　2　彼は家族や友人など所々の人にとても愛されています。
　3　孫が遊びに来ると、所々遊園地に行ったり動物園に行ったりします。
　4　所々空席が見られますが、初日としては観客も多く、好調な出だしといえる
　　　でしょう。

35 まるで

1 解決してしまうと、あんなに悩んでいたのが<u>まるで</u>嘘のように感じられます。

2 フランス語が話せると言っても、<u>まるで</u>簡単な挨拶ができるだけです。

3 さっきテレビに映っていたのは、<u>まるで</u>おじいちゃんに違いない。

4 私の記憶が正しければ、ゆきちゃんは<u>まるで</u>上司の遠い親戚ですよ。

第一回

問題 1

| 1 | 3 | 2 | 1 | 3 | 4 | 4 | 3 | 5 | 2 |
| 6 | 4 | 7 | 4 | 8 | 3 | | | | |

問題 2

| 9 | 2 | 10 | 2 | 11 | 1 | 12 | 3 | 13 | 3 |
| 14 | 1 | | | | | | | | |

問題3

15	1	16	2	17	2	18	3	19	2
20	2	21	3	22	1	23	3	24	4
25	4								

問題4

| 26 | 3 | 27 | 2 | 28 | 2 | 29 | 4 | 30 | 2 |

問題5

| 31 | 1 | 32 | 2 | 33 | 2 | 34 | 3 | 35 | 2 |

第二回

問題 1

| 1 | 1 | 2 | 1 | 3 | 3 | 4 | 3 | 5 | 2 |
| 6 | 1 | 7 | 4 | 8 | 4 | | | | |

問題 2

| 9 | 2 | 10 | 1 | 11 | 1 | 12 | 4 | 13 | 3 |

14	2

問題3

15	3	16	3	17	2	18	4	19	4
20	2	21	1	22	2	23	1	24	1
25	2								

問題4

26	3	27	4	28	2	29	4	30	4

問題5

31	2	32	3	33	1	34	4	35	2

第三回

問題1

1	2	2	4	3	3	4	4	5	3
6	3	7	2	8	3				

問題2

9	1	10	2	11	2	12	2	13	2
14	1								

問題3

15	1	16	4	17	4	18	1	19	2
20	2	21	2	22	3	23	2	24	3
25	2								

問題4

|26| 4　　　　|27| 3　　　　|28| 4　　　　|29| 2　　　　|30| 3

問題5

|31| 4　　　　|32| 1　　　　|33| 3　　　　|34| 4　　　　|35| 1

出擊！
日語單字自學大作戰
中高階版 Step 3

[25K+MP3]

【日語神器 11】

■ 發行人／林德勝

■ 著者／吉松由美、田中陽子、西村惠子

■ 出版發行／山田社文化事業有限公司
　地址　臺北市大安區安和路一段112巷17號7樓
　電話　02-2755-7622　02-2755-7628
　傳真　02-2700-1887

■ 郵政劃撥／19867160號　大原文化事業有限公司

■ 總經銷／聯合發行股份有限公司
　地址　新北市新店區寶橋路235巷6弄6號2樓
　電話　02-2917-8022
　傳真　02-2915-6275

■ 印刷／上鎰數位科技印刷有限公司

■ 法律顧問／林長振法律事務所　林長振律師

■ 書+MP3／定價　新台幣 320 元

■ 初版／2019年 01 月

© ISBN : 978-986-246-526-4
2019, Shan Tian She Culture Co. , Ltd.